KB231323

실업소설 부란극림전

실업소설
부란극림전

: 수양과 효도로 성공한 프랭클린 입지전

벤자민 프랭클린 저
이시후 역
이용범 옮김

숭실대학교 한국기독교문화연구원은 1967년 설립된, 명실공히 숭실대학교를 대표하는 인문학 연구원으로 발전하여 오늘에 이르렀다. 반세기가 넘는 역사 동안 다양한 학술행사 개최, 학술지 『기독교와 문화』(구 『한국기독문화연구』)와 '불휘총서' 30권 발간, 한국기독교박물관 소장 자료의 연구에 주력하면서, 인문학 연구원으로서의 내실을 다져왔다. 2018년에는 한국연구재단의 인문한국플러스(HK+) 사업 수행기관으로 선정되어 또 다른 도약의 발판을 마련하였다.

본 HK+사업단은 "근대 전환공간의 인문학, 문화의 메타모포시스"라는 아젠다로 문학과 역사와 철학을 아우르는 다양한 인문학 연구자들이 학제간 연구를 진행하고 있다. 개항 이래 식민화와 분단이라는 역사적 격변 속에서 한국의 근대(성)가 형성되어온 과정을 문화의 층위에서 살펴보는 것이 본 사업단의 목표이다. '문화의 메타모포시스'란 한국의 근대(성)가 외래문화의 일방적 수용으로도, 순수한 고유문화의 내재적 발현으로도 환원되지 않는, 이문화들의 접촉과 충돌, 융합과 절합, 굴절과 변용의 역동적 상호작용을 통해 형성되었음을 강조하려는 연구 시각이다.

본 HK+사업단은 아젠다 연구 성과를 집적하고 대외적 확산과 소통을 도모하기 위해 총 네 분야의 총서를 발간하고 있다. 〈메타모포시스 인문학총서〉는 아젠다와 관련된 연구 성과를 종합한 저서나 단독 저서로 이뤄진다. 〈메타모포시스 번역총서〉는 아젠다와 관련하여 자료적 가치를 지닌 외국어 문헌이나 이론서들을 번역하여 소개한다. 〈메타모포시스 자료총서〉는 숭실대 한국기독교박물관에 소장된 한국 근대 관련 귀중 자료들을 영인하고, 해제나 현대어 번역을 덧붙여 출간한다. 〈메타모포시스 교양문고〉는 아젠다 연구 성과의 대중적 확산을 위해 기획한 것으로 대중 독자들을 위한 인문학 교양서이다.

본 사업단의 연구가 진행되는 가운데 새로운 총서 시리즈인 〈근대계몽기 서양영웅전기 번역총서〉를 기획하였다. 1907년부터 1911년까지 집중적으로 출간된 서양 영웅전기를 현대어로 번역하여 학계에 내놓음으로써 해당 분야의 연구 자료로 제공하자는 것이 기획 의도이다.

총 17권으로 간행되는 본 시리즈의 영웅전기는 알렉산더, 콜럼버스, 워싱턴, 넬슨, 표트르, 비스마르크, 빌헬름 텔, 롤랑 부인, 잔다르크, 가필드, 프리드리히, 마치니, 가리발디, 카보우르, 코슈트, 나폴레옹, 프랭클린 등 서양 각국을 대표하는 인물이다. 1900년대 출간 당시 개별 인물 전기로 출간된 것도 있고 복수의 인물들의 약전으로 출간된 것도 있다. 이 영웅전기는 국문이나 국한문으로 표기되어 있는데, 국문본이어도 출간 당시의 언어로 표기되어 있으므로 지금 독자가 읽기에는 다소 어려울 것으로 예상된다. 이에 원문을 현대어로 번역하고, 원자료를 영인하여 첨부함으로써 일반 독자는 물론 전문 연구자에게도 연구 자료로 제공하고자 했다. 현대어 번역은 해당 분야 전문가의 도움을 받았다. 본 시리즈가 많은 독자와 만날 수 있도록 애써 주신 연구자들께 감사드린다.

동양과 서양, 전통과 근대, 아카데미즘 안팎의 장벽을 횡단하는 다채로운 자료와 연구 성과를 집약한 메타모포시스 총서가 인문학의 지평을 넓히고 사유의 폭을 확장하는 데 기여할 수 있기를 기대한다.

2025년 3월
숭실대학교 한국기독교문화연구원 HK+사업단장
장경남

차례

일러두기

01. 번역은 현대어로 평이하게 읽힐 수 있는 것을 원칙으로 하였다.

02. 인명과 지명은 본문에서 해당 국가의 발음을 한글로 표기하고 각주에서 원문의 표기법과 원어 표기법을 아울러 밝혔다. 역사적 실존 인물인 경우 가급적 생몰연대도 함께 밝혔다.

    예) 루돌프(羅德福/ Rudolf Ⅰ, 1218~1291)

03. 한자는 꼭 필요한 경우 괄호 안에 병기하였다.

04. 단락 구분은 원본을 기준으로 삼되, 문맥과 가독성을 위해 필요한 경우 번역자가 추가로 분절하였다.

05. 문장이 지나치게 길면 필요에 따라 분절하였고, 국한문 문장의 특성상 주어나 목적어 등 필수성분이 생략되어 어색한 경우 문맥에 따라 보충하여 번역하였다.

06. 원문의 지나친 생략이나 오역 등으로 인해 그대로 번역했을 때 의미가 잘 전달되지 않는 경우 번역자가 [ ] 안에 내용을 보충하여 번역하였다.

07. 대사는 현대의 용법에 따라 " "로 표기하였고, 원문에 삽입된 인용문은 인용 단락으로 표기하였다.

08. 총서 번호는 근대계몽기 영웅 전기가 출간된 순서를 따랐다.

09. 책 제목은 근대계몽기에 출간된 원서 제목을 그대로 두되 표기 방식만 현대어로 바꾸고, 책 내용을 간결하게 풀이한 부제를 함께 붙였다.

10. 표지의 저자 정보에는 원저자, 근대계몽기 한국의 번역자, 현대어 번역자를 함께 실었다. 여러 층위의 중역을 거친 텍스트의 특성상 번역 연쇄의 어떤 지점을 원저로 정할 것인지가 문제였다. 일단 근대계몽기 한국의 번역자가 직접 참조한 판본부터 거슬러 올라가면서 번역 과정에서 많은 개작이 이뤄진 가장 근거리의 판본을 원저로 간주하고, 번역 연쇄의 상세한 내용은 각 권 말미의 해설에 보충하였다.

제1장

보통 사람으로 어린 시절 가난에 시달리고 엄한 스승의 가르침을 받지 못했어도 백과(百科)의 학문을 성취했으며, 자애로운 아버지의 명(命)을 기다리지 않고 만 리의 산하를 두루 돌아다니며 다른 사람은 견디기 어려운 고난을 겪고 다른 사람은 이룰 수 없는 사업들을 이룩하여 거대한 부를 축적하여 안락한 행복을 향유한 사람이 누구인가.

동양과 서양 역사에 전무후무한 프랭클린이 그 사람이다.

프랭클린의 가족은 아버지 시대에 종교의 자유를 위하여 영국으로부터 [미국 식민지로] 이주하였다. 아버지의 휘(諱)[1]는 조사이아[2]이다. 뉴잉글랜드에서 결혼하여 자식 일곱을 낳았고, 후에 유명한 학사의 딸을 맞아들여 남녀 10명을 낳았다. 모두 장성하여 일가를 이루었다. 프랭클린은 그 형제 중의 한 명이었다. 1706년 1월 17일에 보스턴에서 태어났다.

그의 아버지는 신체가 매우 강건하고 기술이 일반인보다 뛰어났다. 사무를 매우 잘 처리했지만, 가족이 너무 많아 밤낮으로 집안일에 골몰했다. 공무에 참여한 일은 없으나 판단과 조언에 뛰어

1) 휘(諱): 높은 사람의 이름을 가리킨다.
2) 조사이아(조슈아, Josiah Franklin, 1655~1744)

나서 자연스럽게 다른 사람들에게 존경받게 되었다. 왕왕 공사(公私)의 상담과 중재 등의 부탁을 받았다. 친구들과 회식하는 것을 좋아하였다. 그때에도 종종 유익한 사건을 토론하여 함께 앉은 사람들의 심지(心智)를 계발하였다. 그리하여 프랭클린도 식사할 때 탁자 위의 음식에는 마음을 두지 않고 음식의 맛있고 없음은 추호도 논하지 않는 습관이 들어 식사 후에 몇 시간만 지나면 무엇을 먹었는지 기억하지 못했다. 여행할 때도 동행하는 사람은 음식의 맛을 평가하여 빈번히 불평을 내뱉었지만, 프랭클린은 조금도 마음에 두지 않아 지극히 편리하였다.

프랭클린의 어머니는 부친을 도와 온갖 어려운 일을 함께 겪었고 다수의 자녀를 능히 교육하였으니, 결코 유약하고 저열한 부인들에게 비할 바가 아니었다. 이처럼 양친께서 건강하여 돌아가실 때를 제외하고는 병을 앓은 일이 없었다. 아버지는 89세, 어머니는 85세로 장수를 누리셨다.

프랭클린의 형들은 모두 직공의 업에 종사하였다. 아버지는 프랭클린을 형제들의 대표로 성직자가 되게 할 뜻이 있어서 여덟 살 때부터 소학교에 입학시켰다. 프랭클린의 천성이 독서를 좋아했기에 처음 입학할 때는 [성적이] 학년의 중간 자리였더니 얼마지 않아 수석을 차지하였다. 곧이어 한 학년 올라가 같은 해 말에 3등이 되었다. 그러나 그 아버지가 어려운 가계 때문에 프랭클린을 대학교에 입학시킬 돈도 없었고, 또 그때는 대학교 졸업자에 대한 수요가 매우 적었기 때문에 퇴학하게 되었다. 그 후 요행히 유명한 조지 브라우넬 씨[3]의 학교에 입학 허가를 받았다. 그 사람은 당시에 명성이 자자한 교육학자였다. 프랭클린은 이 학교에서 정서법(正書法)에 능통하였으나 수학은 충분히 익히지 못했다.

10살 때에 아버지의 직업인 양초와 비누 만드는 일을 도왔다. 프랭클린은 본래 이 직업을 즐겨 하지 않고 오로지 항해가가 되기를 원하였다. 부모는 이를 허락하지 아니하였다. 다만 집이 물가에 있어서 자연스럽게 수영 기술과 배를 다루는 방법에 익숙하게 되었다. 다른 아이들과 함께 배를 탈 때는 씨가 키를 잡았기에 간혹 위험한 경우를 당해도 그의 힘에 의지하는 일이 많았다.

대개 무슨 일을 막론하고 프랭클린이 선도가 되어 친구들에게 고난을 끼친 일이 적지 않다. 여기서 그 한 예를 들어보자. 그 동네에 물레방아가 도는 곳이 있었다. 다른 편의 통로는 낚시터인데 사람들의 발길이 항상 끊이지 않아 진흙 구덩이가 되어서 걸어 다니기에 매우 불편했다. 프랭클린은 이곳에 부두를 지어서 [땅을] 딱딱하게 만들 요량으로 친구들을 불러 모아 그 부근에 있던 다른 사람이 집을 지으려던 석재를 운반하여 하룻밤 사이에 견고한 작은 부두를 이루었다. 다음 날 아침에 직공 등이 석재를 사방으로 찾아 다니다가 마침내 발견하고 이것이 프랭클린이 한 짓인 줄 알고 그의 부형(父兄)을 힐책하여 다시금 운반한 일이 있었다. 실제로는 정당한 수단을 따르지 않았기 때문에 결과가 무효가 되고 말았지만, 이 일로 프랭클린의 경영 능력이 뚜렷하게 나타났다.

프랭클린은 어릴 때부터 독서하기를 좋아하여 서적을 다수 구람

---

3) 조지 브라우넬(지오지, 브라운, George Bronwnell, 1802~1879)

(購覽)하였다. 가장 많이 읽은 것은 플루타르코스[4]의 『영웅전』[5]이었다. 그때 쏟은 시간이 후일에 이르러 유익함이 적지 않았다. 그 중 대니얼 디포[6]의 『기업론』[7]과 코튼 매서[8]의 『선행론』[9] 등은 프랭클린의 사상을 일변시켜 그의 생활에 영향을 미친 것이 많았다.

1717년에 그의 형 제임스[10]가 영국에서 돌아와 인쇄업 경영을 하고자 했다. 프랭클린은 그것이 부친의 가업보다 좋다고 생각했지만, 기왕 항해자가 되고자 했던 소원이 머릿속에 항상 있어 따르지 아니하였다. 아버지는 프랭클린의 소원을 단념시키기 위해서 형에게 그를 맡겨 도제가 되도록 했다. 이때 나이가 12살이었다. 형에게 청해서 그때부터 21살이 될 때까지 형에게 인쇄업을 배워 만 1년이 되기 전에 한 사람 몫의 직공 월급을 받기로 약정하였다. 얼마 되지 않아 인쇄업에 익숙하게 되었다.

이때부터 서포(書舖)를 가까이하여 매일 저녁에 책을 빌려와서 밤새도록 읽고 다음 날 아침에 반납하였다. 한 신사가 날마다 인쇄소에 왕래하였는데, 그 집의 서고에 온갖 책을 갖추고 있었다. 그는 항상 프랭클린에게 책 읽기를 은근히 권하여 많은 책을 빌려주었다. 프랭클린은 본래 시학(詩學)을 좋아하는 품성이 있었기에 책을 읽는

---

4) 플루타르코스(부루다구, Plutarch, 46?~120?)

5) 『영웅전』(*Lucius Mestrius Plutarchus*)

6) 대니얼 디포(데후오-, Daniel Defoe, 1660~1731)

7) 『기업론』(*An Essay Upon Projects*)

8) 코튼 매서(마-사-, Cotton Mather, 1663~1728)

9) 『선행론』(*Essays to Do Good*)

10) 제임스(계임스/젬스, James Franklin, 1697~1735)

틈틈이 단편을 지어 형에게 보여주었다. 형이 그 기이함을 매우 찬미하면서, 시사(時事)에 관한 가곡 등을 지어볼 것을 권했다.

프랭클린은 두 편을 지었다. 한 편은 「등대의 비극」이란 제목으로 워딜레이크 선장[11]이 두 딸과 함께 난파당한 일을 이야기했고, 한 편은 유명한 해적 에드워드 티치[12]의 이야기를 노래했다. 이를 인쇄하여 스스로 길거리에서 판매하였다. 두 편 모두 근래 있었던 진귀한 일을 기록했기 때문에 한번 사 보는 자가 많아 세인의 호평을 얻었다. 그 후부터 프랭클린은 명예심이 일어나 몸을 풍류에 맡기고 붓과 종이를 벗 삼아 [글을 썼다.] 아버지가 이를 질책하여 말했다.

"예로부터 시인은 거지가 되는 법이다. 지금 너는 시인을 간신히 면한 것뿐이다. 문학이 입신에 좋은 도구가 되니 비록 비천한 지위에 있어도 이를 연습해라."[13]

그 마을에 존 콜린스[14]라고 하는 사람이 있었다. 독서하기를 매우 좋아했다. 프랭클린이 날마다 함께 어울려 성(姓)만 다른 형제라 할 만했다. 우연히 대화 중에 의견이 맞지 않아 물과 불처럼 서로를

---

11) 워딜레이크 선장(갸비렌、오루세레ー기, Captain Worthlake, 1673~1718)

12) 에드워드 티치(데ー니, Edward Teach, 1680~1718)

13) "예로부터……연습해라": 이시후는 이 부분 전체를 아버지의 말로 번역했지만, 원래는 "예로부터 시인은 거지가 되는 법이다"까지만 아버지의 충고다. 영어 원문의 맥락에 따르면 이후의 문장은 원래 이렇게 번역되어야 한다. '[아버지의 충고 덕분에] 프랭클린은 간신히 시인이 되는 것을 면할 수 있었다. 그러나 [산문] 문학은 입신에 좋은 도구가 되기에 비록 비천한 지위에 처해도 이를 연습해야 한다.'

14) 존 콜린스(죤고린스, John Collins, 1717~1795)

용납할 수 없는 원수가 되었다. 그 원인은 여자교육과 여자의 학습 능력에 대한 한바탕 논쟁이었다. 콜린스는 자주 말솜씨로 프랭클린을 압도하고자 했지만, 프랭클린이 어찌 이치에 맞지 않는 일에 굴복했겠는가. 그 후로 [그를 직접] 상대하지 않고 다만 종이를 군대로 붓을 진영으로 삼아 서로 문답을 이어갔다. 하루는 아버지가 프랭클린의 책상에 놓인 글을 한 번 읽어본 뒤 프랭클린에게 말했다.

"너의 문장에 큰 결점은 없지만, 말의 뜻이 사람을 상대하는 격식에 어긋난다."

그리고 일일이 결점을 지적하였다. 프랭클린은 한층 더 힘써서 그 뒤로 문체를 개량하였다. 또 유명한 『스펙테이터』[15]를 구입하여 이를 숙독하였는데, 그 문자의 교묘함이 사람들의 공경과 부러움을 살 만했다. 그중에 두세 편의 글을 골라 큰 뜻을 적어두었다가 며칠 후에 이를 원문과 동일한 문체로 적어보고 원문과 대조하며 졸렬한 어구를 수정하였다. 또 프랭클린은 제반 어휘가 부족하고 활용하는 법도 알지 못했다. 그래서 『스펙테이터』 중 재미있는 이야기를 시구(詩句)로 고쳐 써보았다가 그 원문을 잊을 무렵에 다시 산문으로 바꾸었다. 이렇게 사상을 정돈하는 방법과 언어를 활용하는 방법을 연마하여 점차 진보하기에 이르렀다. 프랭클린은 스스로 이처럼 날마다 진보하기를 멈추지 않으면 훗날 문장의 대가가 되기 어렵지 않으리라 생각하고, 앞날을 상상하며 즐거운 마음으로 스스로 노력하였다. 공부 시간은 매일 아침저녁과 일요일로 정

15) 『스펙테이터』(*Spectator*)

하고 그 외에는 인쇄업에 종사하였다. 이로 인하여 기도회에도 참여하지 않았다.

16세가 되어 트라이언[16]의 책을 읽다가 채식을 권하는 주장을 따르기로 결심했다. 그때 그의 형 제임스는 홀몸으로 다른 사람 집에서 더부살이하고 있었고 프랭클린도 도제들과 함께 살았다. 프랭클린이 육식을 즐기지 않아 종종 불편한 일이 있어 형에게 질책을 받았다. 그러나 그로 인해 숙박료가 반값에 불과했다. 더욱 근검절약하여 공장의 한구석으로 옮겨 살며 스스로 밥을 지어 형에게 받은 돈에서 남은 절반은 저축하여 좋은 책을 샀다. 형이 밥 먹으러 나간 때에는 빠르게 식사를 마치고 형이 올 때까지 부지런하게 공부하기를 일삼았다. 이때 수학은 간신히 기하학 기초를 배웠지만, 도저히 깊이 나아가지 못했다.

또 존 로크[17]의 『인간 지성론』[18]과 포르루아얄 학자들이 쓴 『논리: 생각의 기술』[19] 등을 읽었다. 또 어학을 공부하는데 영어 문법 책의 끝부분에 영어의 수사법과 논리적 전개 방법이 간략하게 첨부되어 있었다. 논리술은 소크라테스[20]의 논법을 요약하여 기록한 것이었다. 그 후에 『소크라테스 회상록』[21]이라고 제목 붙인 크세노

---

16) 트라이언(쓰라이온, Tryon, 1634~1703)
17) 존 로크(롯구, Thomas John Locke, 1632~1704)
18) 『인간 지성론』(『意識論』, *On Human Understanding*)
19) 『논리: 생각의 기술』(『考想術』, Art of Thinking)
20) 소크라테스(속구라데스, Socrates, BC 470?~BC 399)
21) 『소크라테스 회상록』(『속구라데스의 遺事』, *Memorable Things of Socrates*)

폰[22]의 저서를 얻어 읽고 그 뜻과 논설이 매우 좋다고 여겼다. 이후 적극적으로 주장하기보다는 겸손한 의론가가 되었다. 또 샤프츠베리[23]와 콜린스[24] 등의 책을 보고 의아설(疑訝說)[25]을 주장하는 사람이 되었다. 이러한 설은 대개 자신을 지키기에 안전하고 상대방을 곤란하게 하는 묘법이다. 이후로 항상 이 방법을 이용하여 명성이 있는 지식인을 논박하는 일로 유명해졌다.

오래지 않아 그 방법을 쓰지 않고 다만 겸손하게 질문하는 방법을 쓰는 습관만 남았다. 가령, 논박을 야기하기 쉬운 단정적(확실하다, 의문의 여지가 없다 등의 말)이고 적극적인 말투는 사용하지 않고 소극적인 말투를 사용하였다. 대략 예를 들어보면 이런 말투였다.

"당신은 이처럼 생각하고 있군요. 이해하겠습니다. 저는 그렇게 생각하지는 않습니다. 그대는 그렇게 생각하시는군요. 당신의 의견에 잘못된 것은 없으나 저는 이렇게 말씀드리겠습니다."

대개 자신의 사상을 표현하거나 다른 사람을 가르칠 때 단정적인 말을 사용하면 상대방의 반대를 일으키기 쉽다. 위에서 본 것처

---

22) 크세노폰(세노혼, Xenophon, BC 431~BC 354)

23) 샤프츠베리(사후도베리-, Anthony Shaftesbury, 1671~1713)

24) 콜린스(고린스, Anthony Collins, 1676~1713)

25) 의아설(疑訝說): 의아설을 주창한다는 내용은 영어 원문에는 없으며 일문 번역의 오역을 이시후가 그대로 답습한 것이다. 원문의 맥락은 프랭클린이 소크라테스식의 논쟁법, 즉 자기 주장을 일방적으로 전개하는 것이 아니라 상대방에게 겸손하게 묻고 의문을 제기하여 상대방이 자신의 오류를 스스로 깨닫도록 하는 대화법에 매료되어, 종교에 대한 논쟁에서 즐겨 이런 논쟁법을 사용하였다는 의미다. 샤프츠베리와 콜린스는 프랭클린이 전통적 종교관에 회의를 품게 만든 사상가로 언급하는데 이 부분을 '의아설을 주창'했다고 오해한 것으로 보인다.

럼 소극적인 방법을 사용하면 추호도 그런 우려가 없고 도리어 기이한 공적을 이룰 수 있다.

1721년에 형 제임스가 미국의 두 번째 신문을 발행하여 『뉴 잉글랜드 쿠란트』[26]라고 이름 붙였다. 첫 번째 신문을 발간한 사람은 『보스턴 뉴스레터』[27]라는 제목을 붙였다. 어떤 사람은 『뉴 잉글랜드 쿠란트』 신문을 반대하면서 "지금 우리나라에는 신문 하나로도 충분하다"라며 불가하다고 주장하였다. 제임스는 이를 돌아보지 않고 마음을 굳게 먹고 간행하여 프랭클린에게 신문을 배달하게 하였다. 당시에 구독자는 24~5인에 불과하였다.

이후 계속하여 재주와 식견, 문필이 있는 친구들의 기고를 다수 받아 등재하자 신문의 가격이 날이 갈수록 높아졌고 세상 사람들이 칭찬하는 소리가 여기저기서 들려왔다. 프랭클린도 논설 등을 쓰고 싶었지만 나이가 어린 까닭에 형이 허락하지 않을까 두려워 익명으로 글을 써서 밤중에 창문 틈으로 던져 넣었다. 다음 날 아침에 인쇄소 사람들이 발견하고 서로 칭찬하였다.

"누구의 저작일까?"

서로 추측하다가 가장 학문이 있는 사람의 이름을 거명하여 "그 사람이 쓴 글이다"라고 하거나 "어떤 학사(學士)의 필적이다"라고 하였다.

프랭클린은 [이런 모습을] 옆에서 보면서 남몰래 기쁨과 자부심

26) 『뉴 잉글랜드 쿠란트』(늬우잉쑤란도고-렛도, *New England Courant*)
27) 『보스턴 뉴스레터』(보스돈、뉴-스렛다, *Boston News-Letter*)

을 가질 뿐이었다. 인쇄소 직원들은 프랭클린이 이와 같은 글쓰기 재능이 있다고는 전혀 상상하지 못했다. 프랭클린이 이후에도 계속 투고하다가 마침내 이 일이 발각되었다. 형 제임스는 프랭클린의 성심(誠心)을 시기하여 칭찬하는 일이 거의 없었다. 이는 형제간에 불화가 일어나는 한 원인이 되었다.

제임스는 프랭클린을 형제애가 아닌 스승과 도제의 의(義)로 대하였다. 프랭클린은 형에게 도제의 직분은 지키지 않고 형제의 의를 행했기 때문에 형에게 고초를 받으면 자연히 원망하는 소리가 없을 수 없었다. 때때로 인쇄소 안에서 일어난 일을 아버지에게 호소하였더니 형의 마음이 더욱 어그러져서 때로는 프랭클린을 발로 차고 때리는 일도 있었다.

하루는 관헌이 프랭클린의 신문에 기고한 정치 기사가 주(州)의회에 대한 불경한 주장을 담고 있다고 하여 형을 잡아가 한 달간 금고형에 처했다. 프랭클린도 함께 잡혀갔으나 심문한 후에 즉시 방면되었다. 프랭클린이 제임스의 사무를 대신 처리하여 신문을 간행하였는데, 인쇄소 직원들은 그 논봉(論鋒)의 과격함이 큰 횡액을 불러오지 않을까 항상 우려했다.

제임스가 방면된 후 모처로부터 제임스 프랭클린의 『뉴 잉글랜드 쿠란트』의 발간을 금지하라는 명령이 내려왔다. 그래서 이후부터는 벤자민 프랭클린의 이름으로 발행하였다. 이때부터 프랭클린이 예전 계약을 무효로 돌리고 새로운 계약을 체결하고자 했으나 끝내 암묵적 계약에 그쳤다. [프랭클린의 이름으로] 신문을 계속 발간하여 수개월이 지났다. 이후 프랭클린은 제임스와 불화하여 어떠한 계약 근거도 없다며 자유를 주장하였다. 제임스는 격노하여 프랭클린을 배척하였지만, 원래 불량한 성질은 아니었다.

프랭클린은 형과 화해할 수 없다고 생각하여 떠나기로 결심하였다. 형이 이런 일을 예상하고 시내의 동업자들을 두루 만나 프랭클린을 고용하지 말라고 당부했다. 프랭클린은 신문 기사로 인해 화를 면하기 어려울까 두려울 뿐 아니라, 자신의 주장이 기독교 신자 사이에서 이단이나 무신론이라고 지적되는 것이 두려워 뉴욕으로 가고자 했다. 아버지는 프랭클린이 제임스 곁을 떠나면 안 된다면서 프랭클린의 동정을 주시했다.

다행히 프랭클린은 콜린스의 주선으로 뉴욕으로 가는 배의 선장을 따라 비밀히 승선하기로 약속했다. 가진 책을 팔아 약간의 돈을 준비하여 뉴욕으로 건너갔다. 아는 사람도 한 명 없고 한 장의 소개장도 없으며 또 여비가 군색하니, 몸은 번화한 도시 위에 있으나 마음은 쓸쓸한 지경에 있었다. 그때가 1725년 10월로 프랭클린은 17살이었다.

제2장

이때 프랭클린은 항해자가 되려는 소원은 없어지고 다만 직공이 될 것을 자신하였다. 펜실베이니아주에서 뉴욕으로 건너 온 사람의 인쇄소에서 일하기를 청하였다. 그는 사업이 영세하여 직공을 고용할 필요가 없고 자기 아들이 필라델피아에 있는데 얼마 전에 직공을 구한다고 했으니 가보라 하였다. [뉴욕에서 필라델피아까지] 거리가 100여 리였다. 프랭클린이 먼 길 가는 어려움과 위험을 생각하며 주저하다가 다른 방법이 없기에 부득이하게 짐을 먼저 부치고 즉시 앰보이[28]를 향해 출항하여 필라델피아에 도달하였다. 이때 옷은 미리 부친 짐 속에 들어있어 아직 도착하지 않았다. 배에서 입던 더러운 옷 한 벌만 몸에 걸쳤다. 손가방에는 속옷과 양말만 있고 손에는 1달러(우리 돈 2원) 1실링(우리 돈 50전) 밖에 없었다. 1실링을 뱃값으로 주니 뱃사람이 배를 타고 올 때 프랭클린이 함께 노를 저은 일이 있었다며 받지 않으려 했다. 그가 뱃값을 받지 않는 것도 이치가 있지만, 프랭클린이 돈을 준 이유는 대개 인생이 돈이 많을 때보다 돈이 적을 때 인색하면 안 된다고 생각했기 때문이었다.[29] 이 땅에는 의탁할 사람도 없고, [배에서] 졸음을 쫓기 위해

28) 앰보이(암보이, Amboy)
29) 프랭클린이……때문이었다: 영어 원문은 다소 의미가 다르다. "인간은 넉넉할

때때로 노를 저으며 오느라 몸도 피로하며, 배고픔과 목마름을 피할 수 없었다.

길거리를 천천히 걷다가 시장 부근[30]에서 빵을 가진 어린아이를 만났다. 파는 곳을 물어보고 그 가게에 가서 3전으로 큰 빵 3개를 샀는데 먹을 곳이 없었다. 양 겨드랑이에 [빵 한 개씩을] 끼고 한 개는 먹으면서 시장의 4번가를 지나갈 때 나이가 스물여섯 정도인 예쁜 아가씨가 프랭클린을 주시하고 있었다. 프랭클린의 기괴한 형상을 보고 웃는 것처럼 보였다. 아! 저 아가씨가 훗날에 프랭클린의 아내가 되는 리드[31] 양인 줄 어찌 알았을 것인가.

다시 배로 돌아와 잠시 휴식하고 다시 시내를 배회할 때 화려한 옷을 입은 남녀가 삼삼오오 짝지어 길을 걷는 게 보였다. 그들을 쫓아 한 회관에 들어가니 자리를 가득 채운 사람들이 모두 조용히 앉아 있어 심히 고요하였다. 여행의 피곤함으로 인해 앉아서 졸다가 모임이 끝난 줄을 몰랐다. 한 친절한 사람이 프랭클린을 깨워 돌아가게 하니 이는 프랭클린이 필라델피아에 도착한 후 가장 먼저 묵었던 곳의 주인이었다.

강가를 따라 돌아오는 길에 한 소년을 만나 여관이 있는 곳을 물어보니, 소년이 친히 인도하여 주었다. 곧 워터 스트리트[32]에 있

때보다 가진 게 별로 없을 때 더 후해진다. 아마도 돈이 없다는 걸 들키는 게 두렵기 때문이 아닐까 싶다."

30) 시장 부근: 한국어판에는 "맛겟도町"으로 되어 있다. 일본어판이 market을 고유 지명으로 본 사례를 따르고 있다. 영어원문은 "I walked up the street, gazing about till near the market-house I met a boy with bread."이다.

31) 리드(리-도, Deborah Read, 1708~1774)

는 크루키드 빌렛[33]이라는 집이었다. 점심밥을 먹고 그 집 하인들이 프랭클린에게 여러 가지를 물어보았다. 이는 프랭클린이 어리고 용모가 괴이하므로 도망친 자인가 의심하는 것이었다.

다음 날 아침에 인쇄인 앤드류 브래드포드[34] 씨를 방문하여 예전에 뉴욕에서 만났던 윌리엄 씨를 만났다. 그의 소개로 그 아들을 만나니 그 사람은 며칠 전에 직공을 구했고 그 동업자 카이머[35]라는 사람이 직공을 찾을 필요가 있다고 했다. 윌리엄과 함께 카이머의 집에 가서 이야기를 나눠본 후 그 자리에서 기계를 사용하는 시험을 거쳐 고용 승낙을 받았다. 카이머는 프랭클린이 리드 씨 집에 하숙하게 했다. 전일 프랭클린을 주시하던 아름다운 아가씨의 집이었다. 이때 미리 부쳤던 짐이 도착하여 새로운 옷을 갈아입으니 프랭클린의 용모가 빵을 먹으며 거리를 어슬렁거리던 때와 완전히 달라졌다. 리드 양의 눈에는 비범한 인물로 보였다.

프랭클린은 곧 시내에 학문을 좋아하는 청년들과 교유를 맺어 매일 밤 서로 만나 학술을 강습하였다. 사무에 부지런히 힘쓰고 돈을 절약하여 저금도 없지 않았다. 마음은 유쾌했으나 고향 생각이 간절했다. 이때 프랭클린의 가족은 프랭클린이 어디에 있는지도 알지 못했고, 오직 콜린스 한 사람만 알았다. 뉴욕에 건너올 때 주선했던 선장 홈스[36]의 친척이 프랭클린의 소식을 전해 듣고 편지

---

32) 워터 스트리트(우오다-街, Water-street)
33) 크루키드 빌렛(구룻구도빌넷도, Crooked Billet)
34) 앤드류 브래드포드(안두류부랏도후을도, Andrew Bradford, 1686~1742)
35) 카이머(게-마, Samuel Keimer, 1689~1742)

를 부쳐 권유했다.

"그대의 부모 형제가 그대가 어디 있는지 몰라서 밤낮으로 근심하고 있소. 조속히 돌아오시오."

프랭클린은 즉시 [홈스에게] 회답하여 그 후의에 감사를 표하고 떠나온 이유를 상세히 진술하였다.

이 편지가 홈스에게 도달할 무렵에 [펜실베이나주] 총독[37] 윌리엄 키스[38] 씨가 우연히 홈스 옆에 있다가 프랭클린의 편지를 보고 매우 칭찬하며 이렇게 전하였다.

"어린 나이에 이러한 문필이 있으니 출중한 인재가 아니겠는가. 이 사람을 격려하기 위해서 우리 주에 인쇄소를 창설하리라."

하루는 프랭클린이 카이머와 함께 사무를 보고 있었는데 총독이 한 장교와 함께 그들 공장[39]에 들어오고자 했다. 카이머가 자신을 보러 온 줄로 생각하고 나아가 맞아보니 프랭클린을 방문하러 왔다고 말하는 것이었다. 인사를 한 뒤 총독이 친절히 말하였다.

"앞으로 자주 교제합시다."

그리고 프랭클린을 데리고 여관으로 돌아가 프랭클린을 위해

36) 홈스(홈스, Holmes)

37) 총독: 국한문과 일본어에서는 '主知事'로 되어 있으나 영어 원문의 'governor of the province'는 아메리카 식민지 시대에 영국 본국에서 파견한 행정 관료로서 총독으로 번역하는 것이 더 자연스럽기에 고쳐 번역하였다.

38) 윌리엄 키스(사ー위람, 게이스, Sir William Keith, 1669~1749)

39) 그들 공장: 원문은 '我工場'이다. 프랭클린의 자서전은 본래 1인칭 시점에서 서술하는 글이다. 이시후느 이를 3인칭으로 바꿔 서술하였기에 '그들 공장'으로 고쳐 번역하였다. '우리'(我)는 드물게 남아 있는 1인칭의 흔적이다.

인쇄공장을 차릴 일을 논하였다. 프랭클린은 아버지께서 이 일에 대해 허락하지 않았다는 요지로 사양하였다. 총독이 말했다.

"그대는 걱정하지 마시오. 내가 부친에게 편지를 써서 찬성을 받겠으니, 그대는 나의 사자가 되어 보스턴으로 가시오."

프랭클린은 그 살뜰하고 두터운 은택에 감사드리며 귀가할 뜻을 결정하였다. 그러나 출발하기 전까지 이 이야기를 누설하지 않고 평소와 같이 카이머와 함께 사무를 보았다. 이후로도 왕왕 총독의 초대로 식사를 대접받으니, 흉금이 탁 열려 어그러짐이 없고 뜻이 가는 대로 대화하였다.

1724년 4월에 보스턴에 가는 배편이 있었다. 카이머에게 친구를 만난다는 구실로 휴가를 얻은 뒤 총독의 편지를 가지고 출범했다. 14일에 보스턴에 도착했다. 프랭클린이 집에 돌아온 것은 실로 온 집안이 꿈꾸던 일이었기에 놀라고 기쁜 마음을 견디지 못했다. 곧바로 형의 인쇄공장에 가서 인사하였다. 제임스는 불만스러운 표정으로 프랭클린을 한 번 힐끗 보고는 다시 일할 뿐이었다. 직공들이 프랭클린이 체류하던 곳의 형편과 여러 일을 자세히 묻기에 프랭클린은 그곳에서 유쾌하게 생활하고 있으며 고향으로 돌아올 마음이 없음을 일일이 설명하였다. 한 직공이 필라델피아에서는 어떤 화폐를 쓰냐고 물었다. 주머니에서 한 움큼의 은화를 꺼내어 자랑하였다. 그때 보스턴에서는 지폐가 통용되었기 때문에 그들은 은화를 손에 넣어본 일이 없었다. 1달러의 돈을 꺼내어 술값을 낸 다음 집에 돌아왔다.

이때 인쇄소에 들른 것이 제임스의 심사를 크게 거슬렀다. 자연스레 형에게 원한을 맺히게 하여 마침내 함께 살 뜻이 없었다. 모친이 화해시켜 골육의 정을 보존하려고 백방으로 힘을 다했으나 형은 거부했다.

"내가 동생에게 치욕을 받았기 때문에 이 마음을 회복할 수 없습니다."

이는 형의 오해였다. 아버지는 총독의 편지를 읽어보고 한마디도 하지 않고 조용히 앉아 있었다. 우연히 홈스가 방문하니 편지를 보여주며 물었다.

"자네는 키스 씨를 아는가? 그는 어떤 사람인가? 어린 소년에게 이와 같은 사업을 벌이게 하다니 실로 몰지각한 사람이군!"

또 즉시 편지를 써서 총독의 후의에는 감사하나 청년에게 큰일을 맡기는 것이 불가한 일과 그 준비에는 막대한 재정이 필요하다는 뜻을 진술하여 동의하기 어렵다고 답했다.

옛 친구 콜린스가 이때 우편국 서기로 일하고 있었다. 프랭클린의[40] 이야기를 듣고 필라델피아에 동행할 뜻이 생겨서 자기 먼저 출발하여 뉴욕에서 기다리기로 약속했다.

[프랭클린의] 아버지는 윌리엄 키스 씨의 계획에 찬성하지는 않았지만, 프랭클린이 명예가 있는 인물로부터 이와 같은 후대를 받은 것을 기뻐하였다. 또 그가 형 제임스와 화목하지 못할 것을 알고 필라델피아에 다시 건너가는 것을 허락했다.

---

40) 프랭클린의: 원문의 '余의'. 프랭클린 자서전의 1인칭 서술을 역술자인 이시우가 3인칭으로 바꿔 번역하였으나 이 부분에는 실수로 1인칭을 남겨 두었기에 3인칭으로 바꿔 번역하였다.

“네가 그곳에 가면 다른 사람의 존경과 사랑을 받기에 힘써라. 근검 두 글자를 염두에 새겨두고 훗날 입신양명할 길을 힘써 닦아라.”

그리하여 프랭클린이 부모와 작별하고 배에 오른 지 며칠 만에 뉴욕에 도달하였다. 콜린스는 프랭클린보다 먼저 도착해 있었다. 콜린스는 본래 품행이 올바르고 단아하여 다른 사람의 존경을 받았지만, 이 무렵에는 폭음하는 일이 있었다. 이곳에 도착한 후 음주 난동을 부리고 폭력을 행하는 일이 적지 않아 사람들의 원망을 샀다. 프랭클린도 도리어 해를 입은 것이 없지 않았다.

이번에 돌아오는 길에는 로드 아일랜드[41]를 거쳐 형 존[42]을 방문하고, 거기서 우연히 형의 친구 버넌[43]을 만났다. [버넌은] 프랭클린이 필라델피아에 간다는 것을 듣고 그곳의 다른 사람에게 35파운드(우리 돈 350원)의 받을 돈이 있으니 그것을 받아두었다가 송금해 주기를 간청하였다. 프랭클린은 본래 이런 관계를 좋아하지 않았지만, 형을 존경하는 뜻으로 허락했다. 필라델피아로 돌아온 후 돈을 받은 즉시 부치려 하였으나 중간에 콜린스가 돈을 써 버려 곤란한 지경을 당하였다. 이는 프랭클린이 신중하지 못해서 일어난 일이었기에, 이때 부친이 전에 하신 훈계[44]에 [비로소] 감사하게 되었다.

41) 로드 아일랜드(로－도, 아이란도, Rhode Island)
42) 존(죤, John Franklin, 1679~1735)
43) 버넌(월론, Vernon)
44) 부친이 전에 하신 훈계: 영어 원문에는 프랭클린의 아버지가 프랭클린이 중요한 사업을 관리하기에는 너무 어리다고 판단한 것이 옳았다는 내용이 부연되어 있다.

필라델피아에 돌아와서 곧바로 총독을 방문하고 부친의 답신에 관해 물었다. 총독이 말하였다.

"나이가 많은 사람이라고 반드시 지식이 있는 것도 아니고, 나이가 적은 자라고 반드시 사업을 그르치지도 않는 법이네. 나는 이미 뜻을 정했으니, 그대는 영국에 주문할 기계 목록을 적어 오게."

프랭클린은 총독의 후의에 감사하고 즉시 100파운드의 돈이 드는 인쇄 기계 목록을 적어냈다. 총독이 프랭클린에게 영국에 직접 가서 좋은 기계를 골라 매입하는 것이 좋겠다고 하였다. 프랭클린도 타당하다고 생각하고 화물선 애니스[45] 호를 타고 [런던에] 가기로 결정했다. 그러나 출범 날짜가 수개월 후였으므로 그때까지 카이머와 함께 일을 했다.

프랭클린이 카이머와 함께 자주 대화를 하여 때때로 서로 토론을 하였다. 프랭클린은 소크라테스의 논법을 써서 빈번히 카이머의 의견을 공격하였다. 카이머는 프랭클린의 변론이 교묘하므로 자기가 장래 선포할 종교에 반대하는 자를 프랭클린이 논박하도록 할 뜻으로 날이 갈수록 더욱 친하게 지냈다.

이때 프랭클린은 리드 양에게 경애하는 마음을 전했다. 그녀도 또한 프랭클린과 백년가약의 뜻이 있었지만, 그 어머니가 홀로 이를 반대하며 말했다.

"자네가 장래에 일세의 영웅호걸이 되는 것을 준비 중이나 피차 열여덟에 불과한 묘령일세. 한편으로는 뜻을 둔 사업을 이루지 못

---

45) 애니스(안니스, Annis)

할까 두려우며, 다른 한편으로는 세상 사람들의 구설수를 면치 못할까 두렵네. 자네가 귀국하여 개업한 후에 우귀(于歸)의 예[46]를 올려도 늦지 않을 것이네.”

대개 그 말이 사리에는 합당하나 그녀의 속내는 프랭클린이 사업에 성공하지 못할 줄 예상하고 혼인을 거절하는 변명을 한 것에 불과했다.

총독은 친절하게도 때때로 프랭클린을 초대하여 사업을 벌이는 일을 확언하고 또 기계를 들여올 대출금을 마련하기 위한 편지와 그의 친구에게 전할 소개장을 써주겠다고 약속하였다. 그러나 출발할 날이 점차 다가와 편지를 받기 위해 자주 방문해도 항상 약속을 다음 날로 연기하였다. 배가 떠나는 날이 되어 총독 사무실에 가니 총독은 공무가 매우 많다는 핑계로 만나지 못하고 다만 서기관에게 명하여 배가 출항할 때 편지를 전달하겠다는 뜻을 전했다. 이때 친구 랠프[47]와 함께 배를 타게 되었는데, 그의 목적은 상업이 아니라 그 아내를 떠나기 위한 것이었다. 프랭클린은 이와는 반대로 리드양과 나중에 비익조(比翼鳥)[48]가 되기로 약속을 맺었다. 짐을 꾸려 뉴캐슬 항구에 도착하니 총독이 이곳에 먼저 도착해 있었다. 즉시 여관을 찾아갔으나 총독은 중요한 공무로 인해 만나지

---

46) 우귀(于歸)의 예: 전통 혼례에서 신부가 처음으로 시집에 들어가는 것을 말한다. 여기서는 결혼을 에둘러 말하는 것으로 쓰였다.

47) 랠프(라루후도, James Ralph, 1705~1762)

48) 비익조(比翼鳥): 비익조는 상상 속의 동물로, 암컷과 수컷이 각기 한쪽의 눈과 날개만을 가지고 있어 짝을 짓지 않으면 날지 못한다. 부부의 두터운 친밀함을 비유하기 위해 쓰인다.

못하고 편지를 배편에 부치겠으니 무사히 바다를 건너라는 말만
전해 들었다. 프랭클린은 불평하는 마음이 없을 수 없었으나 [총독
을] 조금도 의심하지 않았다.

제3장

프랭클린의 배가 떠날 때 프렌치 대령[49](전날 총독과 함께 카이머의 공장에 왔던 사람)이 와서 배에 올랐다. 프랭클린은 그 사람이 반드시 총독의 서신을 가지고 왔다고 생각하였다. 물어보니 편지가 짐 속에 들어있어 목적지에 도착하기 전에는 꺼낼 수 없다고 대답했다. 곧 출항하자 돛을 가득 채운 맑은 바람에 만 리 수운(水雲)을 돌파하여 영국 해협에 도달하였다. 대령이 6, 7건의 편지를 꺼내 주었는데 하나는 왕실에서 쓰는 인쇄처에 보내는 것이고 다른 하나는 문방구 및 여러 도구상점에 보내는 것이었다. 오래 걸리지 않아 목적지 런던에 도착했다. 때는 1724년 12월 24일이었다.

이때 배를 향해 오는 문방구 상인이 있었다. 성명을 물어보니 총독의 편지에 있는 이름과 부합했다. 즉시 편지를 꺼내 주니 읽기를 마치고 말하였다.

"이것은 필시 리들스덴[50]의 편지이군요. 내가 예전에 그가 악한인 것을 알고 절교한 지 오래인데 지금에 와서 무슨 관계가 있겠소."

그리고는 편지를 프랭클린에게 돌려주었다. 프랭클린은 그것이 비로소 총독의 편지가 아님을 깨닫고 크게 경악하여 일의 형편을

---

49) 프렌치 대령(후렌치, Colonel French)
50) 리들스덴(쑤쓰레스덴, Riddlesden)

따져보니 총독의 속셈을 의심하지 않을 수 없었다. 그래서 배에서 알게 된 친구 데넘[51]을 찾아가 이 사실을 의논했다. 데넘이 말했다.

"키스라는 위인이 본래 이와 같다네. 그대를 위하여 소개장을 써주었다는 것도 믿을 수 없네. 또 그가 신용이 없는데 다른 사람에게 신용장을 보낸다는 것은 실로 가소로운 일일세."

프랭클린이 이 말을 듣고 더욱 놀라 망연히 한마디도 할 수 없었다. 한참 뒤에야 스스로 탄식하였다.

"일이 이미 이 지경에 이르렀으니 후회해도 소용없겠군. 다만 전화위복이 되기를 바랄 뿐이네."

프랭클린이 데넘에게 주선해 주기를 의뢰하니 데넘이 말했다.

"일단 아무 인쇄공장에나 들어가서 그대의 직업을 연구하여 다시 미국으로 돌아가면 반드시 큰 이익을 기대할 수 있을 것이네. 이게 전화위복을 위한 방책일 걸세."

프랭클린이 그 말을 쫓아 인쇄공업을 연구하기로 결정하였다.

아! 총독이 교활한 계책으로 이처럼 어린 소년에게 사기를 쳐 이와 같은 지경에 빠지게 한 일을 생각하면 분노를 참을 수 없다. 그러나 다른 한편으로 미루어 생각하면 총독은 매우 현명한 인사로 문필의 재주도 있고 또 양호한 법률을 반포하였으니 인민에 대해서는 병자에게 좋은 약을 챙겨준 사람이라 할 수 있다.

프랭클린은 즉시 유명한 파머[52] 인쇄소에 고용되어 책자를 제조

---

51) 데넘(덴한, Denham)
52) 파머(쌔―마―, Samuel Palmer, ?~1732)

하는 직공으로 1년간 일했다. 그간 받은 월급은 오락에 몽땅 다 써 버리고 한때는 미친 사람처럼 지냈다. 이때 랠프는 처자식을 완전히 잊고 오락에 빠져들었고 프랭클린도 또한 리드 양의 일을 망각하고 있었다. 영국에 온 후에 한 차례 편지가 있었지만, 프랭클린은 그녀가 자신이 다시 돌아오지 않으리라 생각한다고 전해 들었다.[53] 이는 프랭클린의 생애에서 큰 착오였다.

이때 프랭클린은 울러스턴[54]의 『자연종교』[55]라는 책 제2판을 만드는 일에 종사하고 있었다. 그 책의 의론이 정확하지 않아서 이를 지적하기 위해서 작은 책자 한 권을 저술하여 『자유와 필연, 환락과 고통론』[56]이라는 제목을 붙여 랠프의 명의로 발간하였다. 파머는 이 책이 자기의 논지에 반대하는 뜻을 포함하는 것으로 이해했지만, 그 재주를 인정했다. 또 프랭클린은 리틀 브리튼[57]에 기숙하고 있을 때 근처의 서점과 가깝게 지내며 여러 책을 빌려 읽고 많은 이익을 얻었다.

프랭클린이 쓴 책을 라이언스[58](『인간판단의 무오류성』[59] 저자)가

---

53) 영국에……전해 들었다: 영어 원문에서는 프랭클린이 리드 양에게 자신이 빨리 돌아갈 수 없을 것 같다는 편지 한 통을 보낸 게 전부였다고 되어 있다. 두 사람이 헤어지고 리드 양이 다른 남자와 결혼한 것에는 프랭클린 자신의 잘못이 컸음을 내비친 것이다. 나중에 프랭클린은 리드 양과 재회했을 때 자신의 과오를 인정하고 이미 결혼했으나 홀몸이 된 리드 양과 온갖 난관을 뚫고 결혼한다.

54) 울러스턴(와라스도, William Wollaston, 1659~1724)

55) 『자연종교』(*Religion of Nature*)

56) 『자유와 필연, 환락과 고통론』(『自由及命數歡樂苦痛論』, *A Dissertation on Liberty and Necessity, Pleasure and Pain*)

57) 리틀 브리튼(리쑬부리덴, Little Britain)

열람하고 프랭클린을 귀히 여겨 자주 초대하여 지식을 교환하는 일이 있다. 또 맨더빌 박사[60](『꿀벌의 우화』[61] 저자)와 펨버턴 박사[62]를 소개받아 만나보았다. 펨버턴 박사가 좋은 기회를 보아 아이작 뉴턴[63]을 소개해주겠다고 약속하였다. 프랭클린이 매우 기뻐하여 시기를 고대하였으나 나중에 빈말이 되어버려 유감이 없지 않았다.

이때 프랭클린의 기능이 다소간 숙련되어 한층 고상한 기술을 연구하기 위해서 와츠[64] 공장으로 이전하였다. 이 공장에는 50명의 직공이 있었지만 모두 주벽(酒癖)이 있어 종종 오전부터 술을 마셨다. 프랭클린은 홀로 마시지 않았기에 사람들이 '음수탄미인(飲水吞米人)[65]'이라고 불렀다. 프랭클린은 본래 술이라는 것이 광약(狂藥)일 뿐 먹기 좋은 게 아니며, 빵과 물을 먹는 것이 오히려 신체를 강장하게 할 뿐 아니라 재정상에도 이익이 많다고 여겨 그렇게 행동하였다. 여러 날이 지나 프랭클린의 습관이 여러 직공에게 전염되어 금주하는 이가 적지 않게 되었다. 이때부터 그들이 쾌활한

---

58) 라이언스(라이온, Lyons)

59) 『인간 판단의 무오류성』(『判斷論』, *The Infallibility of Human Judgment*)

60) 맨더빌 박사(만틸월, Bernard Mandeville, 1670~1733)

61) 『꿀벌의 우화』(『蜜蜂物語』, *Fable of the Bees*)

62) 펨버턴 박사(베무볼돈, Henry Pemberton, 1694~1771)

63) 아이작 뉴턴(사-아이삿구뉴돈, Sir Isaac Newton, 1643~1727)

64) 와츠(왓도, Watts)

65) 음수탄미인(飲水吞米人): 영어 원전에서 '*Water-American*'(강조 표시 원저자)인데 '물만 마시는 미국인' 정도의 뜻으로 새길 수 있다. 일본어판이 '수탄미인(水吞米人)'에서 착안한 표현으로 보인다.

정신과 웅건한 기력을 지녀 일할 때 더욱 활발하게 되었다.

프랭클린이 쉬지도 않고 일을 신속하게 처리했기에 주인의 특별대우를 받았다. 직공 중에 와이게이트[66]라는 사람이 있었다. 영민한 재질이 특히 뛰어나고 라틴어, 프랑스어에 능통하며 다른 직공보다 좋은 교육을 받았다. 프랭클린과 특히 친밀해져서 매사를 상의했다. 프랭클린이 그에게 헤엄치는 법을 가르쳤는데 얼마 지나지 않아 매우 잘하게 되었다. 그의 소개로 어떤 신사를 방문한 후 함께 뱃길로 첼시[67]에 가서 그곳의 대학교와 돈 살테로[68]의 진기한 물건들을 관람했다. 돌아올 때 와이게이트가 동행하던 사람들에게 프랭클린의 수영 솜씨가 뛰어나다고 말하자 여러 사람이 수영을 보여달라고 간청하였다. 이때 프랭클린이 물로 뛰어들어 첼시 근방에서 블랙 프라이어스[69]까지 헤엄쳐 가니 여러 사람이 모두 혀를 내두르며 칭찬하였다.

프랭클린의 절친인 데넘이 필라델피아에 상사를 열기로 하고 프랭클린에게 연락해 연봉 50파운드를 줄 테니 함께 일해보자고 청했다. 프랭클린은 왕년에 그곳에서 좋았던 생활이 떠올라 서기로 일하기로 했다.

인쇄소를 사직한 날부터 데넘과 함께 물건 구매에 분주하던 중에 갑자기 윌리엄 윈덤 경[70]의 초대를 받았다. 이 사람은 이전에

---

66) 와이게이트(와잉에도, Wygate)
67) 첼시(지에레시ー, Chelsea)
68) 돈 살테로(쫀살도로스, Don Saltero's)
69) 블랙 프라이어스(부랏구후라이알후, Blackfryar's)

프랭클린이 첼시에서 헤엄친 일과 와이게이트에게 수영을 가르쳐
준 일을 듣고 자신의 두 아들에게 수영을 가르쳐달라고 청했다.
프랭클린은 수영 교습소를 개설하면 수입이 적지 않으리라고 생각
하여 귀국할 일을 그만두었다.[71] 이후 영국의 수도에서 약 8개월간
체재하며 전과 같이 인쇄업에 종사하면서 여가를 틈타 독서를 쉬지
않았다. 노동으로 저축한 돈을 랠프에게 쓰느라 곤경을 당하였어
도 채무를 독촉하지 않고 오히려 갈수록 친밀함을 더하여 매일 학
문의 토론으로 다대한 지식을 계발하였다.

70) 윌리엄 윈덤 경(사월암원도함, Sir William Wyndham, 1688~1740)
71) 프랭클린은……쉬지 않았다: 이 부분은 영문판의 가정법 문장을 일본판이 오역
하고 이를 이시후가 그대로 답습하여 원래 의미와 반대가 되었다. 원문에서는 윌리
엄 윈덤 경의 제안을 받은 프랭클린이 자신이 진작 이런 제안을 받았거나 혹은 런
던에서 수영 교습소를 세웠다면 돈을 더 잘 벌었을 텐데라고 아쉬워하는 내용이다.
그러나 결국 프랭클린은 데넘과 함께 필라델피아로 돌아간다. 그 다음 두 문장은
프랭클린이 영국에서 지냈던 18개월(일문판, 국한문판에서는 8개월로 오기)을 평
가하는 내용이다.

제4장

    1726년 7월 23일에 그레이브젠드[72] 항을 떠나 다시 천 리 길 빛나는 파도를 가르면서 같은 해 10월 11일에 필라델피아에 도착하였다. 사물의 변천은 참으로 놀랄 만한 것이었다. 고든[73]이 총독에 취임했고 키스는 사임했다. 하루는 길거리에서 리드 양을 마주쳤다. 그녀는 부끄러워하는 태도로 그를 봤으면서도 못 본 척 가버렸다. 프랭클린이 없던 몇 년 사이에 그녀가 로저스[74]라는 도공과 결혼했기 때문이다. 그래서 프랭클린도 그녀를 보았을 때 붉어진 낯을 보이지 않았다.

    프랭클린은 필라델피아로 돌아온 후 워터스트리트에 있는 데넘의 상점에 함께 살면서 장부 쓰는 법을 배우고, 다른 한편으로는 주인의 영업을 도왔다. 상업이 날로 번창하여 데넘은 프랭클린을 경애하고 프랭클린은 데넘을 존중하여 즐겁게 함께 살았다. 아! 흥진비래(興盡悲來)로 1727년 2월 초순에 두 사람 다 병으로 신음하게 되었다. 프랭클린은 간신히 회복하였으나 데넘은 슬프게도 저승에 이름을 올리게 되었다. 상점은 친척이 상속하게 되고 프랭클

72) 그레이브젠드(쑤라위센도, Gravesend)
73) 고든(메―셸, 골돈, Patrick Gordon, 1644~1736)
74) 로저스(로질스, Rogers)

린은 무직자가 되었다. 이때 프랭클린의 나이 스물한 살이었다.

근처에 살던 매형 홈스는 프랭클린에게 예전에 하던 인쇄업으로 돌아가라고 권유하였다. 카이머는 거액의 연봉을 제시하며 프랭클린에게 인쇄공장의 관리자가 되어달라고 요청했다. 프랭클린은 런던에 있을 때 카이머와 그의 아내의 사람됨이 불량함을 목격하였기 때문에 쉽게 응낙하지 않았다.[75] 그러나 카이머가 빈번히 간청할 뿐 아니라 프랭클린도 마땅히 갈 곳이 없어서 다시금 카이머에게 고용되었다.

카이머가 프랭클린을 높은 봉급으로 고용한 목적은 다른 직공을 양성한 후에 프랭클린을 박봉으로 쓰고자 함이었다. 며칠 지난 후 여러 직공의 기량이 진보하여 어려운 일들을 충분히 정돈하고 또 제반 사무를 개량하고 확장하여 완전히 새로운 면목을 보게 되자 카이머와 직공들이 모두 친밀하게 대했다.

프랭클린이 일을 보는 것이 유익했음은 물론이지만, 직공들의 기량이 점차 진보하고 업무에 질서가 잡혀서 프랭클린의 도움이 필요 없게 되고 회사 형편도 좋지 않아서, 카이머는 프랭클린에게 봉급을 줄 때 곤란한 기색으로 감봉하기를 원하며 대우가 점차 소홀해졌다. 예전의 두터운 정을 잃고 때때로 프랭클린의 결점을 지적하게 되었다.

하루는 카이머가 길거리에서 프랭클린을 보고 화난 목소리로

---

75) 프랭클린은……응낙하지 않았다: 영어 원문에서는 프랭클린이 런던에 있을 때 카이머의 부인과 그 친구들에게 기이머의 나쁜 성격에 대해 들은 바가 있어서라고 되어 있다.

아무 소리나 주워섬겨 사람들이 많은 곳에서 치욕을 주더니 다시 공장에 와서는 전에 없던 논쟁을 일으켰다. 프랭클린은 흔연히 모자를 집어 들고 직공 메러디스[76]를 만나 짐을 여관으로 운반해달라 하고 즉시 인쇄소를 떠났다.

그날 저녁에 메러디스가 와서 함께 떠나지 못하는 것을 한탄하며 말했다.

"카이머가 지금 많은 부채로 이해득실을 따지지 않고 회사 재산을 방매하고 있으니, 조만간 파산할 것입니다. 그대가 이 기회를 잃지 말고 어깨를 펴고 분기하면 10년의 사업을 함께 도모할 수 있을 것입니다."

프랭클린이 자본이 없음을 탄식하자, 메러디스는 자신의 부친이 항상 프랭클린을 존경하고 신뢰해 온 것이 얕지 않으니, 이 일을 함께 상의하면 자본을 얻을 수 있으리라고 했다. 또 메러디스도 카이머와의 계약기한이 올봄까지이니 지금부터 프랭클린의 제자가 되고 런던으로부터 여러 기계를 사들이겠다고 했다. 프랭클린은 기쁨을 이기지 못하고 기계 목록을 적어 그 아버지에게 보냈다. 아버지는 즉시 매입을 주선하였다.

이때 프랭클린이 그럴듯한 직업이 없어 빈둥빈둥 시간을 보내고 있는데, 카이머가 뉴저지주 지폐의 인쇄를 의뢰받았다. 이런 작업에 능통한 사람은 프랭클린 한 명뿐이었기에 카이머는 프랭클린에게 정중한 서신을 보내 재삼 간청하였다.

76) 메러디스(메레데스, Hugh Meredith, 1697~1749)

"하루아침의 격노로 인하여 백 년의 우정을 끊는 것은 실로 뜻하지 않은 일입니다. 예전의 죄와 잘못을 묻지 않고 다시 한번 돌아와 주시어 더욱 친밀하게 지내기를 원합니다."

메러디스도 여러 차례 권유하였기에 카이머의 인쇄소에 다시 돌아가 지폐를 제조한 후 적지 않은 보수금을 얻고, 이로 인해 카이머도 일시 파산의 위기를 면하였다.

벌링턴[77]에서 체제할 때 지폐 제조를 감독하기 위해 온 주 의회 위원 2, 3명을 사귀게 되었다. 그들은 프랭클린과 대화 나누는 것을 좋아하여 그를 자주 초대하고 혹은 그에게 자신의 친구를 소개하기도 하며 그를 매우 경애하였다. 반면 카이머는 원래 편벽된 성질이어서 교유하는 즐거움이 없었고 다만 조용히 지내는 것을 위주로 하였으니 참으로 별난 사람이었다.

그때 친하게 된 인사로는 판사 앨런[78], 서기관 새뮤얼 버스틸[79], 아이작 피어슨[80], 조셉 쿠퍼[81] 주 의회 의원 등이 있었다. 이외에 측량총장[82] 아이작 데코[83]라고 하는 노인이 있었다. 이 사람은 어린 시절에 진흙 운반을 업으로 삼다가 나이가 들어 글씨 쓰는 법을

---

77) 벌링턴(불린돈, Burlingto)

78) 앨런(아렌, Judge Allen)

79) 새뮤얼 버스틸(사미유엘, Samuel Bustill, 1688~1742?): 이시후는 새뮤얼과 버스틸을 두 명의 다른 인물로 착각하여 "사미유엘及보스질"로 적고 있다.

80) 아이작 피어슨(아이삿구、 쎌손, Isaac Pearson)

81) 조셉 쿠퍼(조써후、 구―바―, Joseph Cooper)

82) 측량총장(測量總長, serveyor-general)

83) 아이작 데코(아이삿구데고, Isaac Decow, 1673~1755)

배우고 이후 측량사(測量師)의 보조원이 되었다. 극히 근검절약하여 스스로 가업을 이루고 부자의 명성을 얻은 사람이다. 프랭클린의 외모를 살피고 말하기를 "그대는 조만간에 큰 산업가가 될 것이다"라고 하였다. 기실 프랭클린의 품은 뜻을 알지 못했지만 이러한 예언을 한 것이다.

프랭클린의 사업에 관해 기술하기 전에 한차례 그의 장래 세력에 대한 주의와 도리에 관한 것을 이야기하겠다. 프랭클린의 양친은 종교주의에 근거하여 그를 가르쳤다. 그는 15살이 되었을 때 교리를 논란(論難)한 책을 읽고 의문을 가지기 시작했다. 이후에 보일[84]의 이신론(理神論)[85]을 공박하는 논설을 읽고 마음에 오히려 반대로 [이신론] 사상이 생겨나기 시작했다. 이를 간단히 말하면 신이 모든 일에 나타난다는 것은 믿지 않고 다만 그 존재만 확신하는 것이다. 그러나 그의 논설이 다른 사람의 마음을 [나쁜 방향으로] 변화시키고 또 [이신론을 신봉하는] 자유사상가 키스가 자신에게 화(禍)를 끼친 일을 생각하면, 자신의 설이 과연 유익하냐는 의구심이 없을 수 없었다. 또 신의 성질을 고찰하면 사람의 양지(良知)와 양능(良能)을 지극히 현명하고 지극히 선하게 만들었을 것이

---

84) 보일(보－리－, Robert Boyle, 1627~1691)

85) 이신론(理神論): 원문은 '神無默示'이다. '默示'란 신의 계시를 의미한다. 풀이하면 신이 모든 일에 일일이 개입하여 스스로를 계시하지 않는다는 것으로 이신론(理神論, deism)의 교설을 지칭한다. 이신론(deism)은 18세기 계몽주의의 영향으로 생겨난 철학적 입장으로서 세계를 창조한 신의 존재는 인정하나 자연은 이미 신이 설계해 놓은 법칙에 따라 자체적으로 운행될 뿐 신이 개입하여 스스로를 드러내지 않는다고 주장한다.

기에 천지간에 악한 것이 없을 터이니, 덕이 있고 없고의 구별은
실로 허언이라고 생각했다. 비유하자면 철리(哲理)를 논하는 이들
이 잘못된 생각을 쉽게 떠올리는 것[처럼 프랭클린도 잘못된 생각
에 빠진 것이다.][86]

그러나 [이 시기 프랭클린은 이신론적 자유사상에도 불구하고]
진리, 성실, 청렴 등의 여러 덕행은 사람이 살아가며 교제상에 십
분 필요한 것이기에 평생 이를 실천하기로 결심하였다. 또 이때
느낀 바가 있어 일기에 이렇게 적었다.

세상 사람들은 신의 계시가 어떤 행위는 금지하였기에 나쁘
고 어떤 행위는 명령하였기에 선량하다고 하는데, 나는 그 반대
로 생각한다. 어떤 행위는 우리에게 방해가 되기 때문에 금지한
것이요, 어떤 행위는 우리에게 복리(福利)가 되기 때문에 명령
하는 것이다.

프랭클린이 아버지의 슬하를 떠나 그 훈계를 받지 않고 하물며
종교를 믿지 않았지만 품행이 부정하거나 불의하게 어긋나지 않고
가장 어려운 청년시대를 무사히 지나간 것은 이러한 도리를 이해했

---

86) 이후에 보일의 이신론을……빠진 것이다: 이신론이라는 추상적 학설을 논한 이
단락은 전반적으로 국한문본의 의미가 모호하여 잘 이해되지 않기에 영문을 참조하
여 어구를 교체 내지 보충함으로써 최대한 원문의 맥락을 알 수 있도록 번역하였다.
특히 영문의 덕과 부덕의 구분을 국한문본이 영험 유무의 구별로 바꿔 놓았고, 영문
에서 프랭클린이 자기 자신의 과오를 반성하는 부분을 국한문본은 다른 철학자들을
비판하는 식으로 오역했기에 수정하였다.

기 때문이다.

이때 주문한 기계가 필라델피아에 도착하여 즉시 돌아와 시장 근처의 건물을 빌려 개업하였다. 친한 친구 조지 하우스[87]가 프랭클린을 위해서 시골에서 온 인쇄 주문자와 함께 방문했다. 그 의뢰를 받아 다소간 수익이 생겼으니 이것이 프랭클린이 개업하고 처음 얻은 결과였다.

87) 조지 하우스(죠지후스, George House)

제5장

　프랭클린은 여러 청년 친구들과 협의하여 각기 지식을 계발할 목적으로 모임을 조직했다. 그 이름은 준토[88]였다. 금요일 저녁마다 모여서 차례대로 도의(道義), 경제, 물리학 등 문제를 제출하여 토론한다. 3개월에 한 번씩 적당한 문제를 선택하여 논문을 써와서 낭독하고, 토론할 때는 의장의 사회에 따라 변론의 승패는 다투지 않고 다만 그 이치를 탐구하는 데 온 마음을 쏟았다. 토론할 문제는 미리 게시하여 연구에 맡겼다. 이때 입회한 사람은 조지프 브라인트널[89], 토머스 고드프리[90], 니컬러스 스컬[91], 윌리엄 파슨스[92], 윌리엄 모그리지[93], 휴 메러디스[94], 스티븐 포츠[95], 로버트 그레이스[96], 윌리엄 콜먼[97] 등이었다.[98] 모두 명망과 재능이 있는 이들이었

---

88) 준토(쟌도-, Junto): junto는 스페인어로 '함께'라는 뜻으로 17세기 영국에서 함께 일하는 모든 파트너의 문제를 진정으로 해결하는 전담 전문가 그룹을 뜻하는 단어로 사용되었다.

89) 조지 브라인트널(쌕렌도날, Joseph Brientnal, ?~1746)

90) 토머스 고드프리(곳도후레-, Thomas Godfrey, 1704~1749)

91) 니컬러스 스컬(스기뉼, Nicholas Scull, 1687~1761)

92) 윌리엄 파슨스(흥숀스, William Parsons)

93) 윌리엄 모그리지(부오구릿지, William Maugridge)

94) 휴 메러디스(메레데스, Hugh Meredith)

95) 스티븐 포츠(부스옙, Stephen Potts)

96) 로버트 그레이스(구레스, Robert Grace)

다. 그중 콜먼과는 특히 뜻이 잘 맞아서 나중에도 교제가 친밀하였
다. 모임이 점차 흥성하여 마침내 필라델피아 안에서 제일가는 강
학소가 되어 세상 사람들에게 주는 이익이 적지 않았다.

당시에 프랭클린은 일찍 일어나고 밤에 잠들 때까지 일하기를
게을리하지 않았다. 세상 사람들은 카이머와 브래드포드[99]의 인쇄
소가 일찍부터 있었으니, 프랭클린이 개업한 것이 마침내 실패를
면하지 못할 것이라고 비평했다. 그러나 베어드[100] 박사는 이에 반
대하며 말했다.

"근면과 성실함에서 프랭클린보다 오른쪽에 나설 수 있는 사람
은 없습니다.[101] 노동에 대한 관념으로 미루어 생각건대 그의 사업
이 번창할 것은 확실합니다."

하루는 카이머의 직원인 조지 웹[102]이라는 사람이 와서 카이머
와 계약을 해지하고 프랭클린에게 고용되기를 청했다. 프랭클린은
머지않아 신문을 발간할 예정으로 그때 고용할 테니 이 일을 다른
사람에게 누설하지 말라고 당부했다. 조지 웹은 약속을 깨뜨리고

97) 윌리엄 콜먼(고레만스, William Coleman, 1704~1769)

98) 조지프 브라인트널……윌리엄 콜먼: 원전의 인물 중 조지 웹(George Webb)이
누락되었다.

99) 브래드포드(부랏도후울로, Bradford)

100) 베어드(베루도, Baird)

101) 오른쪽에 나설 수 있는 사람이 없다: 원문은 '無出其右'. 특정 방면에서 가장
뛰어난 위치에 있어 다른 사람이 그를 능가할 수 없음을 말한다. 『사기』(史記)·「전숙
열전」(田叔列傳)에서 유래한 표현이다.

102) 조지 웹(조쥬엡, George Webb)

카이머에게 신문 발간에 대해 이야기했고, 카이머는 즉시 신문 발간에 착수해서 프랭클린의 실망이 매우 컸다. 그러나 브래드포드의 신문이 속간되자 카이머의 신문을 구독하는 사람은 날이 갈수록 줄어들었다. 카이머는 근근이 이삼 개월을 경영하다가 신문을 프랭클린에게 매각하고자 했다. 프랭클린이 즉시 이를 매입하여 더욱 개량하고 『펜실베이니아 가제트』[103]라고 이름 붙였다.

당시 버넷[104] 총독과 메사추세츠 주 의회의 갈등 사건을 신문에서 논평했더니 지방의 유력자가 찬성을 표하며 그 모임에 가맹하기를 청했다. 이는 프랭클린이 망론(妄論)하지 않은 결과로서 사람들의 분발심을 일으킨 것이다. 각 의회의 공문서 인쇄를 전담한 브랜드포드가 주 의회와 총독에게 보낸 건의서의 인쇄 상태를 보니 매우 조악했다. 프랭클린이 다시 정미(精美)하게 인쇄하여 배달하였다. 프랭클린과 친한 의원 두세 사람이 두 인쇄물의 차이가 현격한 것을 인지하고 의회의 동의를 얻어 다음 해부터 의회의 인쇄물은 프랭클린이 전담하게 되었다. 이 무렵 버넌이 프랭클린의 사업에 성취가 있는 것을 보고 채무의 변상을 요구하였다. 즉시 이행하고 후의에 감사하는 편지를 보냈다.

한 가지 어려운 일을 간신히 처리하고 조금 안심하고 있었는데 다시 갑자기 곤경에 처하게 되었다. 개업할 당시 메러디스의 부친에게 100파운드를 빌렸고, 기계를 매입할 때 상인에게 100파운드

---

103) 『펜실베이니아 가제트』(벤실뷔니아, 가젯도, *Pennsylvania Gazette*)
104) 버넷(불넷도, William Burnet, 1687~1729)

의 부채가 있었다. 저당물이 있어서 재촉받지는 않았지만 끝내 상환하지 못하자 이때에 이르러 재판소에 기소당하게 되었다. 기계를 모두 팔아도 빚진 금액의 절반에 불과하고, 그렇게 되면 기대했던 사업의 전도(前途)가 모두 사라지게 되는 셈이었다.

이때 친구 윌리엄 콜먼과 로버트 그레이스가 와서 자신들이 채무를 갚아주겠다고 청했다. 또 메러디스가 도박과 음주를 좋아해서 프랭클린의 신용을 크게 손상하니 어서 그를 배척하라고 간청하였다. 프랭클린은 두 사람의 정의(情誼)를 망각할 수는 없으나, 메러디스 부자(父子)가 자신의 은인이기 때문에 먼저 배척할 수는 없다고 대답하였다. 그 후 메러디스를 만나서 이렇게 말했다.

"아버지께서 그대와 나의 동업을 좋아하지 않으시는 것 같으니 우리 서로 분리하여 영업합시다."

메러디스가 대답하였다.

"아버지는 지금 사업이 어려워서 그대를 도와줄 여력이 없을 뿐입니다. 그리고 이 사업이 나에게는 적당하지 않은 것 같으니 장차 고향에 돌아가 농업에 종사하고자 합니다. 웨일스 사람 중에 노스캐롤라이나에 이주하여 토지를 염가로 매입해 농사짓고자 하는 사람들이 있소. 나도 그 사람들과 함께 가고자 합니다. 그대는 다른 사람의 도움을 받아 우리 아버지의 100파운드를 배상하고, 또 내가 다른 사람에게 갚아야 할 부채 30파운드와 가죽가방 한 개가 있으니 이것을 갚아준다면 그 은혜는 이보다 클 수 없을 것이오."

프랭클린이 그의 요청을 곧바로 이행하였다. 메러디스는 그 후 노스캐롤라이나의 풍속, 기후, 토질, 농업 등을 상세히 적어 우편으로 보내왔다. 즉시 신문에 등재하여 독자의 호평을 얻었다. 메러디스와 계약을 해지한 후 앞의 두 친구에게 부탁하여 각각 반액의 금전을 변통하여 부채를 없애고 사업에 더욱 힘썼다.

당시 지폐 발행을 늘리자는 주장이 나왔다. 부자들은 반대하고 인민은 찬성하여 두 파가 서로 거세게 논쟁하였다. 프랭클린이 필라델피아에 처음 와서 길거리를 구경할 때 시내에 임대 내놓은 집이 많은 것을 보고 시민이 줄어들고 있다고 추측했다. 그런데 1만 5천 파운드의 지폐를 새로 발행한 후 상업 상황이 좋아져서 직공 등이 직업을 얻고 시내 가게에 상인들이 가득하여 새로운 건물을 건축하는 등 사회의 광경이 일시에 변했다. 프랭클린은 이런 실정을 살펴 가늠해 보고 지폐 발행에 찬성하여 『지폐의 성질과 필요』라는 소책자를 발간하였다. 이에 찬성하는 자가 많았고 원한을 가진 자는 다만 소수의 부자뿐이었다. 반대하는 세력이 점차 줄어들자 마침내 주 의회에서 화폐를 추가 발행하기로 의결하였다. 이 의결에 프랭클린의 힘이 적지 않았기 때문에 그 공로로 지폐 제조를 맡게 되었는데 그 이익이 적지 않았다.

시간이 지나 지폐의 효력이 자연스레 드러나 이의를 제기하는 자가 갈수록 줄어들었다. 추가발행에 따라 상업이 왕성하게 되어 주민이 두 배나 늘었다. 그러나 지폐 발행에 제한이 없으면 비상한 재해를 일으킬 염려가 없지 않았다. 주 의회 의원 중 친구 해밀턴[105]의 주선으로 뉴캐슬의 지폐인쇄를 담당하였다. 지역 관공서의 인

---

105) 해밀턴(하이루돈, Hamilton)

쇄물을 영구히 발행하기로 약속하니, 사업이 매우 번다해진 것은 말할 필요도 없었다. 또 문방구 상점을 열었더니 런던에서의 친구 화이트마쉬[106]가 찾아왔다. 그는 뛰어난 인쇄 기술자여서 프랭클린의 사업을 도왔다. 또 첫 도제를 얻었기 때문에 사업이 점차 번창하게 되었다.

이후 인쇄소의 부채를 청산하고 상업가의 자격과 신용을 얻기 위해서 의복의 사치를 금하고, 오락장에 출입하지 않았으며, 낚시나 사냥 등으로 시간을 보내거나 독서로 업무시간을 뺏기는 경우가 전혀 없었다. 이때 자전거를 타고 시내를 돌며 인쇄소의 재료와 용지를 사 왔고 대금을 어김없이 지불하여 일분일초도 약속을 어기는 일이 없었다. 그리하여 성실하고 기특하다는 칭송을 얻었다. 다른 문방구의 상인들도 프랭클린을 주거래처로 삼기를 청하고, 서점에서는 주문하지 않았는데도 책을 보내주었다. 그리하여 업무가 날로 질서를 잡아갔다. 예전 주인 카이머의 영업은 날이 갈수록 쇠약해져서 채권자의 독촉이 날마다 심해져 인쇄 기계를 매각하고 다른 고장으로 이주하였다.

리드 양의 가족은 프랭클린이 그 집에 하숙할 때부터 항상 프랭클린을 우대하여 변하지 않았고 때때로 가족의 일을 상의하였다. 프랭클린은 그들의 심지가 시종여일함을 알고 기뻐하였다.[107] 그

---

106) 화이트마쉬(호아이도마슈, Thomas Whitemarsh, ?~1733)
107) 프랭클린은……기뻐하였다: 이 문장 뒤에 일본어 저본의 한 문장이 누락되었다. "또 리드 양이 우울하게 침잠하여 위로하는 벗도 없이 외롭게 지내고 있음을 가엾게 여겼다." 리드 양은 프랭클린이 런던에 가 있는 동안 억지로 다른 남자와 결혼했지만,

원인은 다만 프랭클린이 런던에 체류할 당시에 편지가 오랫동안 끊겼으므로 공연히 망부석의 한탄을 품게 만든 박정함의 소치라 말할 수 있다. 그 모친이 프랭클린에게 말했다.

"자네가 멀리 떠났으니 [딸의] 깊은 정을 끊게 하려고 떨어져 있는 동안 무리하게 그 뜻을 꺾고 다른 사람에게 출가시킨 것이 곧 내 딸의 병의 근원이 되었다네. 지금 와서 생각하면 내가 어머니로서 도리를 잃은 죄가 작지 않네."

그 후 [프랭클린과 리드 양은] 두 사람의 정의(情誼)를 예전과 같이 회복하여 더욱 가깝게 사귀게 되었다. 결혼식은 각종 장애물 때문에 하기 어려울 것으로 생각되었지만 마침내 결심하여 단행하였다. 그때가 1730년 9월 1일이었다. 혼례를 올린 후에는 어떠한 종류의 불화도 없었고 아내와 함께 노동력을 분배하여 화락(和樂)함이 날로 깊어지는 경복(慶福)을 누렸다.

이때 준토학회의 모임 장소를 그레이스 씨의 작은 정자로 정하고, 각기 서적을 수집하여 두면 공부하는 데 도움이 되지 않겠냐고 의견을 제시하니 모두가 찬성하였다. 즉시 도서실을 설립하였지만 주의하지 않은 결과로 일 년이 지나지 못해 폐지하기에 이르렀다.

그 후 다시 공립 서적관(書籍館)을 설립할 때는 준토학회 회원들의 찬동을 얻어 약 50명의 회원을 모아 창립했다. 사람마다 10원의 회비를 내고 향후 50년간은 매년 2원 50전씩 내기로 서로 약속하

그 남자에게 다른 아내가 있는 등의 이유로 헤어져 홀로 지내고 있다는 정황도 국한문 본에는 누락되었다.

였다. 가입자가 갈수록 증가하여 마침내 100명에 달하였다. 이는 진실로 북아메리카 공립 도서관의 원조이다. 이후로 서적관의 설립자가 계속하여 나와 지금은 다수에 이른다.

이 서적관은 미국인들의 지식을 개발하여 상인이나 농부라도 다른 나라의 이름난 선비나 박식한 관리를 압도할 정도였다. 그 결과 식민지 전체로 공민권을 보전하여 성대하고 쾌절(快絶)한 대활동을 펼칠 수 있게 하였다.

제6장

　이때 프랭클린은 펜실베이니아에 영구히 주거할 뜻으로 이곳에 호적을 등록하였다. 한 주점을 빌려 준토학회의 모임 장소를 열었다. 다시 다른 공간을 빌려 더욱 확대하여 개설하였다. 전과 같이 각기 서적을 수집하여 참고를 위해 제공하고 또 보통 서책을 보관할 건물을 건설할 의안을 제출하였다. 그러나 예전에 [자기 주장을 내세우다] 큰 곤경을 야기한 경험이 있어서 [이번에는] 자신의 주장을 숨기고 겉으로는 다른 친구의 부탁을 받은 모양으로 일을 처리하여 쉽게 성공하였다. 이때는 명예를 돌보지 않았으나 훗날에는 좋은 평가를 얻었으니 이것이 곧 사업가의 비결이다.

　오락장에 가서 낭비할 시간이 있다면 이를 독서 시간으로 이용하여 매일 한두 차례씩은 서적관에서 학문을 연구하였다.

　이때 프랭클린은 인쇄소의 부채와 집안 아이들의 교육 방면을 고민해야 했다. 또 예전부터 영업하던 경쟁자 두 명이 있어서 이로 인한 부정적 영향이 없을 수 없었다. 그러나 프랭클린의 사업은 날이 갈수록 풍족해졌다. 그 원인은 근검절약하는 습관과 부친의 가르침을 영구히 받들었기 때문이다. 가르침의 예를 보자면 솔로몬의 잠언이다.

　"네가 사업에 노력하는 자를 보지 못했느냐. 노력하는 자는 왕의 앞에 설 것이고 미천한 자의 앞에 서지 않을 것이다."

곧 근면은 부귀의 유일한 좋은 방책이라 말하는 문구이다. 무슨 뜻인지 상세히 해득하지는 못했지만[108] 프랭클린이 다섯 명의 제왕을 배알(拜謁)했고 특히 덴마크 국왕과 같은 자리에서 식사한 영광이 있었다.

영국 속담에 번창과 영광을 바라는 사람은 아내를 잘 골라야 한다고 하였다. 그 말이 참으로 프랭클린을 속이지 않는 격언이었다. 아내가 된 리드는 프랭클린을 도와 사무를 처리하며 혹은 책자를 제작하고 혹은 상점을 지키기도 하며 해진 옷과 휴지 등을 일일이 모아두었다가 팔아 소소한 수익을 올렸다. 그녀의 근검절약이 프랭클린과 흡사하며, 하인들도 나태한 자가 없었다. 집안의 집기류는 질박하고 소박하며 가격이 싼 것을 이용하였다. 흙으로 만든 그릇과 주석으로 만든 수저를 썼고 음식은 보리빵과 우유를 먹었다. 하루는 식당에 가보니 식탁 위에 청나라에서 만든 은수저와 그릇이 있었다.[109] 프랭클린이 이를 보고 크게 놀라 말하였다.

"한 개에 8, 9원이나 하는 귀한 물건을 한차례 상의도 없이 산

108) 상세히 해득하지는 못했지만: 프랭클린은 솔로몬의 잠언을 부와 명예를 얻기 위해 노력을 해야 한다는 점에서만 받아들이고, "왕의 앞에 서는 일"이 실제로 일어날 것이라고는 생각하지 않았다고 적고 있다. (I did not think that I should ever literally stand before kings, which, however, has since happened) 일본어판은 "자구의 의미를 그대로 이해할 순 없지만(字句の意を其儘には了解せざれとも)"으로 옮겼다. 이 과정에서 번역자 이시후가 맥락을 충분히 파악하지 못한 것으로 보인다. 현대 한국어로 번역하자면, "[왕의 앞에 설 것이라는 말을] 글자 그대로 받아들이지 않았지만, [실제로 다섯 명의 왕을 만나보았다]" 정도가 된다.
109) 청나라에서 만든: 영어원문은 China로 일반적인 도자기 그릇을 지칭하는 맥락에서 쓰였다. 일본어판은 "중국제조(支那製)"로 옮겼다. 이시후는 "청국제조(清國製造)"로 새겼다.

이유가 무엇이오?"

아내가 대답하였다.

"이웃집 사람들도 이런 물건을 사용하는데 어찌 우리 집이 이 정도 물건을 사용할 자격이 없겠습니까."

그러나 이후로 재산이 늘어감에 따라 점차 고가의 물품을 사들이니 마침내 수천 수백의 비싼 물건과 이름난 기물을 사용하기에 이르렀다.

원래 프랭클린은 장로교의 교양을 받았다. 그러나 "신명은 선택과 폐기를 바꾸지 않는다."(신이 인간을 선택하며 버리는 것을 말함) 등의 교리를 받아들이지 못했다. 또 기타 의문이 드는 것들이 있으므로 처음부터 교회에 나가지 않았고, 특히 일요일은 공부하는 날로 정하였다. 그러나 종교주의를 완전히 버린 것은 아니었다. 가령 하느님이 하늘에 있어 천지를 통치하는 일과, 또 신으로부터 가상(嘉尙)히 여김을 받고자 한다면 다른 사람에게 좋은 일을 베풀어야 한다는 것, 우리들의 영혼은 영원히 불멸하기 때문에 나쁜 짓을 한 사람은 벌을 받고 착한 일을 한 사람은 좋은 일을 받게 된다는 등의 일을 확신하였다. 대개 이런 것들은 일반적인 종교의 통칙이라고 생각했기 때문이다. 그때 나라 안에 있는 종교들의 심오하거나 얕은 정도가 각기 달랐다. 프랭클린은 이를 모두 존경하였다. 그들 각 종교가 서로 화합하지 못하는 것은 도덕의 큰 근본을 망각한 이유였다.

이때 프랭클린은 완전한 덕성을 닦아 과오가 없는 삶을 이루고자 결심하였다. 어떤 일에 주의할 때에 다른 일을 하다 보면 상상보

다 실행하기 어려움을 예상하였다.[110] 단순히 도리상 시비곡직만
판단하는 것으로는 부족할 것이기에 예전의 나쁜 습관을 개량하고
좋고 아름다운 습관을 양성하여 반듯한 품행을 얻을 목적으로 아래
의 목록을 걸어두고 덕성 함양에 온 힘을 기울였다.

제1. 절제. 혼미해질 때까지 음식을 먹거나 폭음을 하지 말 것.

제2. 침묵. 자신에게 유익하거나 다른 사람에게 유익한 일이 아
니면 말하지 말고 근신하여 잡담을 피할 것.

제3. 순서. 제반 물품은 일정한 자리에 둔다. 일할 때는 시간을
어기지 말 것.

제4. 결의. 자기가 행한 일은 이를 결행하고, 한번 결행할 때는
이를 반드시 완수할 것.

제5. 절약. 자신에게 불리하거나 다른 사람에게 해를 끼치는 일
에는 추호도 돈을 낭비하지 않을 것.

제6. 근로. 항상 유용한 일을 하고 무용한 일에는 시간을 허비하
지 말 것.

제7. 성실. 허언은 하지 않고 사심(邪心)을 품지 말며 언사는
정성스럽고 삼가는 것을 위주로 할 것.

제8. 정의. 해악(害惡)을 행하거나, 행동할 때 선업(善業)에 나
태하여 다른 사람에게 피해를 입히는 일이 없도록 할 것.

110) 어떤 일에……예상하였다: 국한문본의 오역으로 의미가 모호해졌다. 영어 원문
은 프랭클린이 한 가지 잘못을 범하지 않으려고 신경 쓰는 사이 다른 잘못을 범하는
경우가 많아서 어떤 과오도 없는 삶을 사는 것이 상상보다 쉽지 않다는 맥락이다.

제9. 온화. 거친 행위를 스스로 경계하고, 다른 사람에게 피해
　　를 입더라도 성내지 말고 자신이 스스로 불러들인 것이 아닌
　　가 반성할 것.

제10. 청정. 신체, 의복, 주거를 불결하게 하지 말 것.

제11. 영정(寧靜). 기괴한 일에 마음이 흔들리거나 어떠한 변란
　　이 일어나도 놀라지 말 것.

제12. 정조. 방탕함을 조심하고 경계할 것.

제13. 겸손. 예수와 소크라테스를 배울 것.

이상의 제반 덕행은 하루아침에 양성하기 어려우나 점차로 한
항목씩 수련하면 완전한 결과를 얻을 수 있다. 그리하여 사항이
쉽고 어려움에 따라 앞뒤 순서를 정하고 한 [덕목을] 다 수행하면
그다음 [덕목의 수행은 더] 쉬우리라고 생각했다. 가령 제1항목인
절제를 하여 정신을 쾌활하게 하였으면 제2항목인 침묵을 수련하는
일이 한층 용이했다. 대화할 때 혓바닥을 움직이기보다 귀를 기울이
면 소득이 적지 않다. 덕성을 양성할 때는 지식이 개발을 얻을 수
있다. 그리하여 침묵을 제2항으로 정하였다. 그다음 항인 순서는
곧 우리가 일을 도모함과 힘써 노력할 수 있는 시간을 제공하기
위한 것이다. 제4항인 결의가 한 번 습관이 되면 이하의 여러 도덕을
수양하는 데 온 힘을 쏟는 것이 가능해진다. 절약과 근로는 부채로부
터 벗어나 풍요와 독립을 얻게 하고 성실과 정의를 행하는 보조가
된다. 이처럼 [순서대로 수행해] 가면 13가지 덕을 함양할 수 있다.
　이런 덕의 수행 실천은 피타고라스의 권고를 따라 날마다 점검

을 행했다. 그 방법은 작은 책자를 제작하여 매 페이지에 가로세로 선을 긋고 줄 위에 일곱 개의 요일을 기록하고, 오른편에는 13개 덕행의 목록을 나열하여 매일 언행을 점검하여 잘못이 있는 날에는 검은 점을 찍어 영구히 기록하는 것이다.

이처럼 매일 13개 덕행의 목록에 주의하며 특히 1주일간 수양하는 덕행에 과실이 없기를 힘써 노력했다. 일주일 동안 검은 점이 없는 때에는 다음번 덕행을 수련했다. 이상의 13가지 덕행을 13주에 걸쳐 수양하면 1년에 4차례에 도달한다. 비유하자면 정원의 잡초를 뽑을 때 한쪽 구석에서 시작하여 전체 정원을 다 다듬는 수단과 같았다.

소책자에 기록한 금언

우리의 신체가 이곳에 와 있으니 성신(聖神)께서 우리에게 강림하시면 의아한 곳이 결코 없을 것이오.

우리 성신께서 강림하시면 천지간에 삼라만상이 같은 목소리로 서로 환영할 것이오.

왕림하신 우리 성신께서 선한 덕을 행한 자를 착하고 기특하게 여겨 상을 주시네.

성신께서 기뻐하시는 선한 덕을 수양하는 것은 행복해지는 근본되는 도리이라.

이상 『카토』[111]

지혜는 오른손에 장수(長壽)를 들고 왼손에 행복을 지니며
그 가르침을 따르는 자는 환락을 얻고 그 길을 행하는 자는
평강(平康)을 얻느니라.

이상 솔로몬 잠언

또 성신은 지혜의 본원이니 지혜를 얻기 위해서 성신의 도움을
희망하는 것은 지극히 당연하고 필요하다고 생각했다. 그래서 아
래와 같이 간단한 기도문을 지어 작은 책자에 기재하고 매일 기도
할 때마다 읽었다.

흠모합니다! 지극히 전능하고 지극히 인자하시고 은총과 자
비하신 성부여. 원컨대 복록을 수확할 수 있는 지혜를 우리에게
내려주소서.

지혜가 가리키는 일을 단행하면 성신이 영원히 두터운 은혜
로 보답할 것이니 성신께서 온 힘을 다하는 무리 중에 저의 성실
함을 살펴주소서.

그리고 톰슨[112]의 시에서 뽑은 기도문이 아래와 같다.

---

111) 카토(게-도-, Cato): 『카토』(*Cato, a Tragedy*)는 조셉 애디슨(Joseph Addison, 1672~1719)이 쓴 희곡의 제목이자 주인공의 이름이다. 카토는 카이사르에 대항하여 공화정치를 옹호한 인물로 알려져 있다. 단테의 『신곡』에 연옥의 문지기로 등장한다.
112) 톰슨(돈슨, James Thomson, 1800~1748)

광명하신 생명의 우리 성부여, 둘도 없는 성신이시로다.
선한 길은 무엇을 가리키는 것인지, 우리에게 가르쳐주소서.
어리석은 일을 거짓으로 떠벌리며, 악행을 일삼는 우리들의 육신을, 성신의 큰 손으로 구제하소서.
지혜와 평안을 모두 갖추는 것은 무궁무진한 덕택이로다.
성신의 진실하신 복록을, 우리 영혼에 보충하소서.

제3항인 순서 규칙을 매일 시간을 정하여 실행하니 한 달이 하루와 같았고 일 년이 한 달과 같았다. 위의 방법에 따라 수양하였더니 의외로 잘못을 범한 검은 점이 십여 차례에 이르렀다. 개선하기로 마음먹고 열심히 노력하여 마침내 검은 점이 없게 되었다. 그러나 '순서'라는 덕행을 뜻대로 수양하지 못하여 고생이 적지 않았다. 이는 사무가 번잡하고 시간의 규율을 일정하게 하지 못했기 때문이다. 마침내는 '순서'라는 덕행을 없앨 생각도 적지 않았다.

이웃에 철 공장이 있었다. 하루는 도끼 제조를 의뢰한 사람이 있었다. 도끼 전체에 반짝거리는 광택을 내달라고 요구했다. 철공이 말했다.

"당신이 잠시 기계 바퀴를 돌려 나를 도와주면 만드는 것이 훨씬 용이해서 당신의 뜻에 맞는 도끼를 얻을 수 있을 것입니다."

그 사람은 얼마간 힘을 써서 기계 바퀴를 돌리다가 마침내 피로를 이기지 못해 이렇게 말하고 돌아갔다.

"전체 면이 반짝거리는 것보다 얼룩덜룩 반점이 있는 도끼가 좋소"

이로 미루어 생각하면, 세상 사람 중 일을 하다가 곤란한 경우를 당하면 그 본래의 뜻을 바꾸지 않는 자가 드물다. 프랭클린도 덕행을 수양하다가 일시 곤란으로 인해 저 사람과 같이 중간에 그만둘 생각을 품었다. 모든 덕을 겸비한 사람은 세상 사람들의 증오와 질투를 받는다거나 성인(聖人)도 실수한 일이 있었다는 등의 주장을 내세워 애초의 소망을 포기하고자 하는 지극히 어리석은 생각도 들었다.[113]

프랭클린은 '순서'라는 습관은 도저히 뜻처럼 수양하지 못했지만, 그 힘이 없지는 않아서 그가 70여 세에 달하는 사이 적지 않은 이익을 거두었다. 절제로 인해 건강을 얻었고, 근로와 절약으로 풍요를 이루었다. 그리하여 유익한 시민이 되며 명예와 명성이 있는 학자가 되었다. 성실과 정의는 프랭클린으로 하여금 한 국가의 신용을 받아 고귀한 지위에 오르게 하였다. 온후한 기질과 쾌활한 재담으로 사람들을 응접할 때 아지랑이 서린 봄바람을 대하는 것 같았다. 프랭클린의 13가지 덕행은 종교에도 응용할 수 있고 그 해석이 매우 간단하여 이해하기 쉽다.

한 친구가 프랭클린에게 충고하였다.

"그대는 약간 오만한 성질이 있다."

그 후 겸손의 덕을 수양하는 데 주의하여 50년 동안 오만한 말을 내뱉은 적이 없었다. 왕왕 사업을 기도할 때는 시민의 찬성을

---

113) 포기하고자 하는 지극히 어리석은 생각도 들었다: 국한문본에서는 '廢止 코자흠은 至極히 愚癡흔 事ㅣ라 稱ᄒᆞ더라' 국한문본에서는 이런 생각을 하는 어리석은 사람들을 비판하는 내용처럼 읽히지만, 영어 원문에서는 프랭클린이 스스로 이런 어리석은 생각을 했음을 반성하는 내용이기에 고쳐 번역하였다.

받고, 의원이 되었을 때는 직무에 근면하게 힘써 항상 의회의 세력을 얻었다.

어떤 사람도 천성인 오만을 개량하기 위해서 이처럼 고심한 자가 없었다. 설혹 이를 개량한 자가 있어도 그 근원을 때때로 발견하게 된다. 만일 이를 모두 고치고 겸손을 수양하였다고 자랑하는 사람은 오히려 부끄러운 마음이 있을 것이다.

프랭클린이 전일 영국에서 귀항하던 도중에 한 방책을 떠올린 일을 설명할 것인데, 1731년 5월에 어떤 서점에서 열람한 역사서가 프랭클린의 머릿속에 떠오른 사상과 관계가 있기에 먼저 그것을 기재한다.

1. 각 당파는 각기 소견을 공익이라 확신하지만 그렇지 않은 사상도 있다.
1. 여러 당파가 각기 같지 않은 의견을 가졌기 때문에 이론(異論)이 백출(百出)하여 분분하고 복잡하다.
1. 각 당파는 공익을 도모할 때 각기 자신의 사익을 계산한다.
1. 한 당이 그 목적을 달성하면 사익을 경영하는 데 급급하게 되므로 다시금 작은 당파로 나뉘어 마침내는 분분한 상태가 난마(亂麻)와 같아진다.
1. 교묘하게 일을 꾸미며 나라의 복지를 목적으로 한다고 하지만 진실하게 공사에 분주한 것이 아니요, 혹여 국가에 이익이 있다 하여도 결국은 사리(私利)와 은밀하게 영합한다.
1. 동일한 조상[114]의 진정한 복(福)을 표준으로 하여 공무에 임

하는 자가 적다.

당시 프랭클린은 세계에 덕행이 있고 선량한 인사들을 결합하여 덕의협회[115]라는 단체를 조직하고자 하였다. 이는 신의 뜻에도 부합하기 때문에 그 성취를 확신하였다.

이 일에 대하여 때때로 떠오른 생각을 종잇조각에 기록하여 보관하였다. 그 후 태반이나 잃어버렸지만 다행히 강령이 있어 아래에 적는다. 이 강령은 여러 종교의 요지를 포함하였기 때문에 응용할 수 있다.

제1. 만물을 창조하신 유일한 성신이 계시다.

제2. 성신은 섭리에 의하여 세계를 통치하신다.

제3. 성신은 인류로부터 존숭, 기도, 감사의 경어(敬語)를 받으신다.

제4. 성신이 가장 기뻐하며 칭찬하시는 것은 우리가 다른 사람에게 선행을 행하는 것이다.

제5. 영혼은 영구히 불멸한다.

제6. 성신은 현세와 미래에 선을 상주며 악을 벌한다.

114) 동일한 조상: 원문은 '同一祖先'인데 일본어의 '同祖人類'(동일한 조상을 지닌 인류)를 옮긴 것이다. 영어 원문에서는 country로 되어 있다.

115) 덕의협회(德義協會, United Party for Virtue)

독신 청년을 회원으로 모집하여 13개 덕행을 받들어 행하게 하여 덕성을 함양하고, 품행이 방정하고 재능과 학식이 우수한 자를 입회 인으로 가입시킬 것 같은 조목을 세웠다. 그러나 협회가 번창할 때까지는 극히 비밀스럽게 하여 적절하지 않은 사람은 입회를 금하 고 회원은 서로 권장하고 충고하여 각기 이익을 도모하고 업무에 힘쓰도록 한다. 특히 절약을 지켜 부채를 지는 일이 없게 하고 죄악 의 땅을 떠나 덕의(德義)의 정원을 노니는 안락한 자유를 얻게 할 목적으로 이 회는 안락자유회[116]로 이름 붙일 것까지 구상하였다.

그러나 이때 프랭클린의 사정이 허락하지 않고 직업의 여가가 없었기에 경영을 실행하지 못했고 [이후로도] 영구히 이뤄지지 못 했다.[117]

1732년[118]에 '리처드 손더스[119]' 달력을 발간하여 25년간 계속하 였다. 세간에서 〈가난한 리처드의 연감〉[120]이라고 부르는 달력이 곧 이것이다. 이 달력은 단지 날짜만 기록할 뿐만 아니라 매일 교훈 이 되는 금언을 다수 기입했기 때문에 세간에 도움이 됨이 적지 않았다. 해마다 만여 부를 팔아 커다란 이익을 얻었다. 프랭클린이 살던 지역은 물론이고 인근의 여러 주에서도 구독하지 않는 사람이

---

116) 안락자유회(安樂自由會, The Society of the Free and Easy)

117) 이뤄지지 못했다: 원문은 '烏有에 付ㅎ니라'. 烏有는 '어찌 있겠느냐'의 의미로 여기서는 기획이 실행되지 못했음을 말한다.

118) 1732년: 『부란극림전』은 1734년으로 잘못 적고 있다. 일본어판도 1732년으로 되어 있다.

119) 리처드 손더스(리차-도, 손다-스, Richard Saunders)

120) 〈가난한 리처드의 연감〉(부-아리, 자-도, *Poor Richard's Almanack*)

없었다. 이는 한 권의 책도 사서 읽지 않는 인민을 가르치는 묘책이 되었다. 근로, 절약, 재산증식, 덕을 세우는 일 등에 대한 격언을 기입하였다. 한 가지 예를 들어보면, '정직하지 않은 사람은 사업을 이루기 어려우며, 속이 빈 자루는 똑바로 서기 어렵다' 같은 문구였다.

세계 고금의 유명한 속담을 수집하고, 마치 한 노인의 연설이 시장 안 모든 사람의 귀를 놀라게 하는 것 같은 뜻을 적어 1757년 달력 부록에 넣음으로써 독자의 감정을 한층 불러일으키고자 했다. 이 부록이 한 차례 발행되니 과연 대갈채(大喝采)를 받았다. 아메리카 대륙의 여러 신문은 서로 경쟁하여 이를 기재하였고 영국에서는 이를 큰 종이에 인쇄하여 보존이 편리하게 하였다. 프랑스에서는 이를 2종으로 번역하였는데, 승려와 시골 귀족들이 많이 구입하여 신도와 농민들에게 나누어 주었다. 펜실베이니아 사람들은 주의 재정이 증식된 것은 오로지 이 부록의 효력이라고 평하였다.

신문은 교훈을 권유하는 수단으로 삼고자 『스펙테이터』나 기타 도덕학자의 논문에서 금과옥조를 발췌하여 실었다. 가끔은 프랭클린이 준토학회에서 송독하던 말과 프랭클린이 스스로 쓴 문구를 게재하였다. 한두 가지 예를 들면 소크라테스의 문답이다. 곧 인생은 재능이 있더라도 성질이 불량하면 사람이라고 칭하기 어려우며, 덕행의 습관이 없으면 덕이 있는 사람이라 말하기 어렵다는 등의 문구였다.

프랭클린의 신문 지면에는 오늘날의 신문과 같이 명예를 훼손하는 참언(讒言)과 사사로운 원한에 관한 일은 일체 게재하지 않았다. 다른 사람이 혹시 악덕에 관한 일을 실어줄 것을 청하면 프랭클린은 이렇게 대답했다.

"귀하께 관계되는 바가 긴요하고 간절하니 별지에 인쇄하겠습니다. 귀하께서 친히 배포하시면 될 것입니다. 우리 회사는 주주에게 공익에 관계된 일과 재미가 있는 일만 싣기로 약속하였으므로 개인적 교류의 원한과 논쟁 등의 일은 게재하지 않는 것을 통상의 관례로 정하였습니다."

당시 다른 신문사의 기자들은 쉽게 다른 사람들의 청을 받아들여 개인적인 원한에 관한 일들을 실었으므로 마침내는 서로 결투하게 만든 일도 있었다. 이웃 정부에 관한 일을 게재할 뿐만 아니라 매우 친밀한 동맹 주(州)의 행동을 비방하는 일도 있었다. 프랭클린은 이를 거울삼아 그와 같은 비열한 필치로 기자업(記者業)을 더럽히지 말아야 한다고 하였다.

1732년[121]부터 외국어를 공부하였다. 프랑스어를 읽을 수 있게 되었고 다음에는 이탈리아어를 공부했다. 때마침 동창의 유혹으로 체스를 두게 되어 시간의 소비가 적지 않았다. 프랭클린이 꾀를 내어 승자는 패자에게 문법책 일부를 읽을 것을 명하거나 연습이 부족한 과정(課程)은 다음번까지 공부하게 시킬 권리가 있고, 이를 따르지 않는 사람은 일체 사절하기로 약속하였다. 승부가 매번 달라지니 두 사람이 서로 힘써 공부하였다. 머지않아 이탈리아어를

---

121) 1732년:『부란극림전』에는 1733년으로 되어 있다. 영어판에는 1732년, 일본어판에는 1733년으로 되어 있다.

이해하게 되고 책을 읽을 수 있게 되었다. 어릴 때 라틴어를 학습하다가 그만두었으나 프랑스, 이탈리아, 스페인 등 여러 나라 언어를 공부한 뒤에 다시 라틴어로 쓰인 성경책을 읽어보니 이해할 수 있었다.

위와 같은 경험으로 외국어 교육법의 부적당함을 깨닫기 시작했다. 흔히 사람들이 말하기를 근세 유럽어의 기원이 모두 라틴어에서 나왔기 때문에 학자들은 우선 라틴어를 공부하는 것이 중요하다고 한다. 프랭클린은 홀로 그 말에 찬성하지 않았다. 대개 높은 사다리에 오를 때에 중간 단계를 건너뛰고 꼭대기에 오르고자 하면 결코 목적을 이룰 수 없다. 그러나 한 단계씩 밟아나가는 것은 매우 용이하고 또 안전하다. 세상 사람들은 이를 생각하지 않고 급작스레 수년간 라틴어를 공부하다가 중도에 그만두게 되니, 털끝만치라도 그 효력을 얻는 이가 없다. 이러한 일은 당국자가 반성하지 않으면 안 될 일이다. 청년 후배들은 쓸데없이 옛 방법을 따라 하며 천금과 같은 시간을 소비하지 말고, 가장 먼저 프랑스어를 공부하고 다음에 이탈리아어, 라틴어 순서로 가서 성공적인 순서를 따르는 것이 좋겠다. 이렇게 하면 불행히 라틴어를 학습하지 못하더라도 오늘날에 유익한 어학은 습득할 수 있다.

이때 프랭클린의 생활이 풍부함으로 약 10년이 지나 고향에 돌아갔다. 부모님과 옛 친구들의 안부를 직접 묻고, 지금까지의 정회(情懷)를 이야기하여 서로 환락한 뜻을 다했다. 돌아오는 길에 뉴포트[122]에 들러 세임스 형을 방문했다. 예전에 싸웠던 생각은 완전히 잊어버리고 심히 정중한 대우를 받아 화목한 기운이 넘쳤다. 비로소 형제간 애정이 가득 차 기쁨을 금할 수 없었다. 이때 형은 나이가 많고 기력이 쇠하여서 남은 날이 얼마 안 됨을 깨닫고 열 살 된 아들을 프랭클린에게 맡겼다. 함께 돌아와 수년 동안 학교에서 보통교육을 가르쳤고, 이후는 형의 유언에 따라 인쇄업에 종사하게 했다. 프랭클린이 예전에 계약기간 전에 형을 떠나서 지키지 못한, 사업을 돕겠다는 약속을 지킨 셈이다.

프랭클린이 정계에 나선 것은 1736년 주 의회의 서기로 임명된 때부터였다. 첫 회의에서 회의장을 가득 채운 일동이 프랭클린을 뽑았다. 그 해 새로운 선거에서도 중망(衆望)이 프랭클린에게 쏠렸다. 한 의원이 프랭클린을 반대하여 격렬히 공격했지만, 마침내 프랭클린이 피선되었다. 봉급은 많지 않았지만, 친밀한 모 의원의 도움으로 투표지와 지폐 등의 제조를 일임받았기에 막대한 이익을 얻었다.

프랭클린은 교육도 있고 재산도 있으며 의회에서도 쾌활한 수단이 있는 한 의원이 자신을 반대하는 것이 마음에 매우 불쾌했다. 그러나 세간의 경박한 사람들처럼 아첨하거나 알랑거릴 수는 없었다. 이때 한 방안을 생각해 냈다. 그 의원이 집에 귀중한 서적이 있다는 소식을 들었기에 편지를 보내어 며칠 빌려줄 것을 청하였다. 그러니 즉시 보내주었다. 한차례 열람한 후 감사장을 첨부하여 돌려보냈다. 그 후 의회당에서 마주치게 되었을 때 예전에 한마디의 대화도 없던 사람이 갑자기 친밀하게 되어 과연 나중에는 완전

122) 뉴포트(뉴-흘도, Newport)

한 교제의 의(誼)를 맺게 되었다. 이로부터 옛 속담의 진리를 깨닫게 되었다. '한 번 친절했던 사람은 나중에 과분한 일이 생길지라도 싫어하지 않을 것이다'라는 것과, '원망을 원망으로 보답하기보다는 양쪽의 적의(敵意)[123]를 없애는 것이 유익하다'라는 것이었다.

예전에 프랭클린이 필라델피아에 있을 때 루이지애나 총독 보좌관이었던 스포츠우드[124]가 역체총관[125]으로 임명되었는데, 회계상 소홀로 인해 면직된 후 프랭클린이 그 자리를 맡게 되었다.[126] 이 직책은 봉급이 많지 않았지만 교통과 통신의 모든 권한을 장악할 수 있었기에 자기 신문의 통신상 편익이 적지 않았다. 프랭클린이 이러한 일화를 상세히 기록한 이유는 어떤 사람이든지 남을 위하여 업무를 실행하는데, 그 계산을 정밀하고 상세하게 해야 한다는 것을 깨우치기 위함이었다. 이처럼 한 가지 일에 게으르지 않으면, 바깥의 한층 높고 원대한 사업으로 옮겨가는 통로가 스스로 열려 영광에 도달할 것이다.

이제 프랭클린의 공공사업에 관한 사상을 진술할 것인데, 그 순서는 먼저 삭은 일로부터 시작하여 점차로 큰 일로 맺는다. 가장 첫 번째 프랭클린의 머릿속에 떠오른 사상은 야간순찰에[127] 관한

---

123) 적의(敵意): 적의 원문은 "適意"로 되어 있으나 문맥상 "敵意"의 오식임이 분명하므로 고쳐 번역하였다.

124) 스포츠우드(스폿쓰-도, Alexander Spotswood, 1675~1740)

125) 역체총관(驛遞總官, postmaster-general)

126) 회계상 소홀료……맡게 되었다.: 실제로는 회계상 소홀로 면직된 것은 스포츠우드가 아니라 필라델피아 우체국 관리자였다. 스포츠우드는 당시 역체총관으로 필라델피아 우체국 관리자를 해임하고 프랭클린에게 후임 자리를 제안하였다.

일이었다. 이는 예전부터 각 경찰서에서 맡아 매일 밤 관할구역 내의 각 가장(家長)을 소집하여 불의의 사고를 예비하던 것이다. 만약 직접 참여하지 않는 자가 있다면 1년에 6실링(약 2원)을 내게 해서 그 돈으로 다른 사람을 고용하였다. 그러나 경찰은 시내의 무뢰배를 고용하여 약간의 술값을 쥐어 주는 정도였기 때문에 실제로 드는 비용은 모집한 금액의 총액만큼 필요하지 않았다. 또 인부들도 방탕했기 때문에 품행이 조금이라도 있는 시민들은 순찰에 참여하고 싶지 않아 돈을 내고 면제를 받았다. 오히려 경찰 등이 약간의 사익(私益)을 보충할 뿐이요, 소위 순찰원은 술에 취해 있고 순찰을 제대로 하지 않으니 조직이 불완전함이 참으로 놀랄 지경이었다.

프랭클린이 이 일을 기술하여 준토학회에 제출하고 특히 순찰비가 공평하지 못한 것을 논하였다. 징수 방법을 보니 빈부를 막론하고 가난한 과부나 돈 많은 부자에게 동일한 금액을 징수하고 있으니 불가하다고 하였다. 프랭클린이 새로운 의견을 제출하여, 순찰원은 적당한 자를 택하고 그 비용은 재산의 많고 적음에 따라 돈을 내는 것이 좋겠다고 하였다. 의회 전체가 이 의견에 크게 찬성하였다. 그러나 이를 실시하기 위해서는 인민의 사상을 따라 시기를 기다려야 했다.

이때 프랭클린은 세상의 화재가 오로지 부주의의 결과라고 역

---

127) 야간순찰: 원문은 '眞大法'. 일본어판의 진화법(鎭火法)을 잘못 본 것으로 여겨진다. 영어판에서는 city watch로 순찰 정도로 풀이할 수 있다.

설하고, 그 예방법을 저술하여 준토학회에 제출하였다. 그 후 이를 인쇄하여 세간에 공포하여 세상 사람들의 찬성을 받았다. 뜻을 함께하는 사람 30여 명과 함께 하나의 소방대를 편성하고, 규약을 설립하여 가죽 통, 견고한 주머니, 물건 운반기 등의 담당 보관인을 정한 후 화재 종소리를 들으면 신속히 휴대하고 화재장소에 나오도록 하는 제도를 설립하였다. 매일 한 번씩 소집 훈련을 하고 결석하는 자는 벌금을 내게 하여 그 돈으로 소방호스, 사다리, 소방용 갈고리 등을 구매하였다. 오래지 않아 여러 장비가 갖추어져 이 도시만큼 소방법이 완비된 곳이 없게 되었다. 소방조직을 창설한 이후 화재에 피해를 전혀 입지 않은 것은 아니지만 한두 집이 불타는 것에 불과하여 그 효력이 자못 현저했다. 그래서 가맹하는 자가 나날이 증가하니 이들에게 권유하여 특별히 [소방대] 한 조를 새롭게 편성하였고, 재산이 있는 다른 이들도 이를 모범으로 삼아 소방대를 연달아 편성하였다.

제7장

프랭클린의 직무는 점차로 번창하였다. 신문의 세력이 날로 증가하여 원근에 적수가 없는 지위를 차지하였다. 그래서 처음에 100파운드의 이익이 있었다면 다음에는 그 두 배의 이익이 있었으니 이재상(理財上)의 진리를 얻었다고 말할 수 있을 것이다.

캐롤라이나주에 제자를 파견하여 분공장(分工場)을 설립하였다. 다행히 성공하고 또 다른 주에도 설치하여 약 6년 동안 본점의 활자를 사 가기로 계약을 맺었다. 수년간 근로하던 이들을 파견하여 각지에서 영업하게 하였다. 모두 성공하여 각자 자신의 회사를 유지하게 되었다. 그래서 공동사업을 영위하는 여러 사람에게 한마디 경고를 남겼다.

"처음에 반석(盤石)같이 신용하던 자가 있을지라도, 한번 이해관계에 공평하지 않은 일이 생기면 서로 감정이 격해져 마침내 소송까지 가는 일이 있다. 어찌 불행한 일이 아니겠는가. 처음부터 삼가고 조심하여 견고한 계약을 맺어야 한다."

전체적으로 생각해보면 프랭클린이 펜실베이니아에 거주한 것은 펜실베이니아 인민에게 적지 않은 행복이라 말하기 충분하다. 원래 펜실베이니아에는 사관학교와 고등학교, 주 방위군을 양성하는 설비가 없어 청년 후배를 가르칠 수 없었다.

프랭클린이 1743년에 중학교[128]를 건설할 계획으로 피터스 목사[129]와 상의하였다. 그는 펜실베이니아주 소유의 회사에 근무하는 것이 유익하다며 프랭클린의 청을 거절하였다. 그래서 [학교 건립 계획을] 중지하고 다음 해에 철학학회[130]를 발기하였다.

프랭클린은 방위에 대해서도 한 의견을 제기하였다. 수년 전부터 스페인과 영국이 전쟁을 계속하고 그 후에 프랑스도 참전하니 그 위급 존망(存亡)이 눈앞에 닥쳐왔다. 그래서 토마스 총독은 심신을 쏟아 비전론(非戰論)을 고수하며 펜실베이니아의 친구들에게 권유하였지만 한 차례도 성공할 수 없었다. 프랭클린이 다시 새로운 안을 제출하여 뜻있는 자들을 규합하고자 하며 간명한 소책자를 저술했다. 그 주지(主旨)는 펜실베이니아가 위험한 상황에 처했고, 우리 인민들은 한마음으로 협력하여 방위할 계책을 준비해야 한다고 통렬히 논한 것이었다. 이와 함께 회의를 개최하여 동맹을 모집하는 뜻을 널리 알렸다. 다행히 공중(公衆)의 찬성을 받았기 때문에 프랭클린도 그 회의에 알선자가 되었다.

두세 명의 친구와 협의하여 공동 의병대 조직의 초안을 잡았다. 시민들의 모임이 필요하다고 촉구하니 과연 시민이 회의징이 가득 찰 정도로 모여들었다. 프랭클린이 의병 조직에 대하여 주지를 변론하고 초안을 낭독하며 설명하였다. 초안을 인쇄하여 각지에 나눠

128) 중학교: 영어판은 an academy, 일본어판은 '중학교(中學校)'이다. 오늘날 한국어 번역본은 '대학'으로 옮기는 경우가 많다.
129) 피터스 목사(리자루드히다, Richard Peters, 1704~1776)
130) 철학학회(一理學會, Philosophical Society): 일본어판은 원문 a Philosophical Society를 '一の理學會'로 옮겼다. 번역자 이시후는 '일리학회(一理學會)'로 새겼다.

보내고 회의에 모인 사람들의 의견을 물었다. 한 사람도 이의가 없었다. 즉시 명부(名簿)를 편성하니 회원이 1,200명에 달하고 각 지방에서 찬조한 사람이 9,000명이었다. 이후로 동맹에 참여한 사람은 무기를 조달하고 대오를 편성하며 장교를 선정하여 체조와 병사훈련을 학습하게 하였다. 여성 사회에서도 돈을 모아 깃발 같은 것들을 보내 찬성하는 뜻을 표했다. 필라델피아시의 여러 장교가 프랭클린을 총독으로 선출하고자 했다. 프랭클린은 자격에 맞지 않다며 사양하였고, 당시 명망이 있던 로렌스[131]에게 양도하였다.

포대를 건설하고 대포를 설치하였다. 경비는 복권을 발행하여 충당했다. 포대는 시의 외곽에 건축하고, 대포는 보스턴에서 구형을 구매했다. 부족한 것은 런던에 주문했다. 이때 펜실베이니아 칙허영주[132]들에게 원조를 요구하였지만, 응낙 여부에 대해서는 크게 개의치 않았다.

총독 로렌스, 윌리엄 앨런[133], 에이브럼 테일러 경[134]과 함께 뉴욕에 가서 클린턴[135] 총독에게 대포를 빌려오고자 했다. 총독은 승낙하지 않더니 후에 여섯 문을 빌려주었다. 또 총독이 술에 취한

---

131) 로렌스(로-렌쓰, Colonel Lawrence)

132) 칙허영주(Proprietors): 국한문본에는 '州內地所有者'나 '州土所有主'라고 나온다. 미국의 식민지 개척을 위한 회사설립에 자본을 투자한 일종의 주주이다. 영국 국왕으로부터 해당 지역에 대한 통치권의 일부를 허가받았다. 보다 자세한 내용은 해제를 참조하라.

133) 윌리엄 앨런(아렌, William Allen, 1704~1780)

134) 에이브럼 테일러 경(아부라함, 데라, Abram Taylor)

135) 클린턴(구린도, Governor Clinton)

틈을 타서 네 문을 추가로 빌렸다. 마지막에 여덟 문을 더 얻어서 포대에 설치하고 매일 교대 근무하며 수비했다. 프랭클린도 복무하였다. 프랭클린의 활동이 목적을 달성했기 때문에 총독과 회의에 참여한 사람들의 신용을 얻어, 의병에 관한 일은 크고 작은 것을 따지지 않고 프랭클린에게 자문을 얻었다.

종교의 원조를 얻어 이 [의병대] 사업이 일취월장할 수 있도록 하나님께 기도하기 위한 단식령을 내려 의병이 봉행케 할 사안을 총독과 상의하여 동의를 얻었다. 그러나 서기관(書記官)이 [금식 선언문의] 전례가 없다며 결행하지 못했다. 왕년에 프랭클린이 영국[136]에 체재할 때 단식하던 관례가 있었기에[137] 해석하기 쉬운 문체와 독일어로 [단식의] 이유를 역술(譯述)하여 펜실베이니아주에 반포하였다. [이 선언문을 바탕으로] 여러 종교의 성직자가 각기 신도들에게 의병에 참가하도록 설명하고 권유하였다.

프랭클린이 발기한 의병 모집은 비전론 주창자들에게는 불경한 행동이었다. 그래서 한 친구는 프랭클린이 비전론자가 다수인 주의회에서 일할 수 없을 것이라고 경고했다. 또 의원인 다른 지인

---

136) 영국: 여기서는 유럽의 영국이 아닌 미국의 뉴잉글랜드 지역을 말한다. 메사추세츠, 코네티컷, 로드 아일랜드, 버몬트, 메인, 뉴햄프셔의 6개 주이다.

137) 단식령을 내려……관례가 있었다: 프랭클린은 종교계의 도움을 받기 위해 의병대를 위한 금식 기도회를 선포하자고 한 것이다. 크리스트교 계열에서 사순절 기간 금식을 실천했던 것과 관련되어 있다. 서기관의 전례가 없었다는 것은 이전에 펜실베이니아 주에 금식 선언문을 작성했던 전례가 없었다는 의미이다. 이시후의 번역은 이런 의미가 잘 드러나지 않기에 영문을 참조하여 최대한 맥락이 드러나도록 의역하였다.

한 명이 프랭클린 대신에 서기업무를 맡기 원하여 하루는 프랭클린을 찾아와 말했다.

"주 의회에서 다음번 재선 선거에는 당신을 뽑지 않기로 내정되었으니, 오늘 스스로 사직하여 큰 명예를 보존하시오."

프랭클린은 답하였다.

"일찍이 듣기로 '일에 힘쓰는 자는 벼슬자리를 구하지 않으며, 쓰임을 거부하지 않는다' 하였소. 나도 그에 동의하는 바이오. 내가 이 자리를 구하지 않으며 또 거부하지 않으니 사직하지도 않을 것이오. 그들이 만일 나를 배척하고 다른 사람을 선거하면 그것은 어쩔 수 없는 일이나, 내가 직무를 스스로 사퇴하였다가 다시금 다음 회기에 복직하게 되는 노고를 허비할까 두렵소."

후에 이 사건에 대한 소문도 없었고 다음 선거에서 프랭클린이 또 피선되었다. 추측하건대 당시 주 의회는 프랭클린이 참사원(參事院)과 친밀하여 불쾌한 감정이 있으나 의병 조직에 힘을 다한 공로를 생각하여 감히 배척하지 못한 것이다. 펜실베이니아주 인민 중에서 몸과 마음을 다하여 의병을 조직하고 가맹하는 자가 잇따라서 예상보다 많아졌다. 그러나 공격과 방어 전투에 대해서는 중론이 일치하지 못하여 누구는 반대하고 누구는 찬성하였다. 공격전은 반대하는 자가 다수였지만 방어전에 대해서는 찬성 쪽으로 의견이 모아졌는데, 특히 누군가가 쓴 방어전론이 청년들에게 일시 비상한 감동을 불러일으켰다.

다시 포대 하나를 증축할 필요가 생겨 집회를 개최했다. 소방대[138] 위원들 사이에 비전론을 주창하는 자가 22명이었다. 집회 당일이 되어 [비전론파] 위원 중 제임스 모리스가 반대를 표하며 말했다.

"우리는 결코 본 안에 대해 동의하지 않을 것이다."

그러나 [비전론파 중] 다른 위원이 프랭클린을 몰래 찾아와 말했다.

"[우리 중 실제로 포대 증축에] 반대하는 사람은 8분의 1일뿐이오. 승리는 우리에게 돌아올 것이오. 저 사람의 주의를 고수하는 것은 극히 어려울 것이오."[139]

문득 한 가지 생각이 떠올랐다. 던커파[140]의 교묘한 지혜가 그것이다. 그 종교의 창시자는 마이클 웰페어[141]로 프랭클린이 예전부터 친한 사람이었다. 하루는 그가 프랭클린에게 말했다.

"우리 교파는 다른 교파의 의심을 입어 거짓말과 소문으로 무고

---

138) 소방대: 소방대는 앞 장에서 언급된 소방대이다. 포대 증측과 관련된 논의가 소방대에서 나오는 이유는, 포대 증축을 위한 기금 마련에 소방대의 재원을 투입할지 여부를 결정하고자 했기 때문이다. 영어 원문은 fire company이며, 일본어판은 '화약회사(火藥會社)'로 옮겼다. 이시후는 '화약회(火藥會)'로 표기했다.

139) "우리 중……것이오.": 이 부분은 국한문본에서 원저의 맥락이 잘 드러나지 않게 번역되어 있다. 이 부분은 공식적으로 비전론을 표방하는 퀘이커교도가 소방대의 다수를 차지하고 있지만, 포대 증축과 관련된 투표에는 그중 한 명만 참석하여 명백히 반대 의사를 밝히고 다른 8명은 일부러 참석하지 않아서 찬성 쪽이 승리하도록 했다는 내용이다. 퀘이커교가 비전론을 공식적 교리로 선포했으면서도 실제로는 대개 암묵적으로 전쟁이라는 현실과 타협해야 했던 곤궁을 설명한 것이다. 반면 뒤에 나오는 던커파는 자신들의 특정한 교리를 절대적 진리처럼 공표하지 않음으로써 이런 곤궁을 면하고 현실에 유연하게 대처할 수 있었다는 점에서 지혜롭다고 평가된다.

140) 던커파(단갈스, Dunkers): 던커파는 슈바르체나우 형제단(Schwarzenau Brethren), 독일 침례교 등으로 불리는 종파이다. 18세기경 설립되었으며, 박해를 피해 일부가 미국 펜실베이니아로 건너왔다.

141) 마이클 웰페어(멧지엘우에후아니, Michael Welfare, 1687~1741)

당하여 곤경을 당한 일이 있소."

프랭클린이 답하였다.

"신문 게재라는 수단이 있으니 이런 무고를 방어할 방책으로 교조(敎條)와 계규(戒規)를 신문상에 공포하면 어떻겠소."

그가 말했다.

"우리도 예전에 이 일에 대해 의논하였지만 다른 이유가 있어 중지하였소. 그 이유라는 것은 가령 한 종파가 시작될 당시에는 진리로 인정했으나 후에는 오류가 되는 것도 있고, 오늘날 가짜라고 칭해지던 종파가 훗날에 진리라고 여겨지는 전례도 있기 때문이오. 만약 논리가 진보하여 광명한 이치를 발휘할 때는 우리 주의도 더더욱 명백해져 착오가 점차 소멸할 것이오. 그러나 현재는 진보가 그 끝에 도달하지 못했으므로 심령상(心靈上), 신학상(神學上)의 지식도 아직 다 발달하지 못하였소. 그렇기에 우리가 지금 신봉하는 조목을 확정하여 [공표하면] 이로 인해 오히려 진보를 방해할 것이오. 또 훗날 지엽적인 교리를 추종하는 교도들이 종교 개창자가 창시한 바를 성신(聖神)[의 말씀처럼] 변환하는 것도 바라지 않소."

이는 고금 역사상에 희귀한 겸양이다. 그뿐 아니라 그들은 공무에 주의는 기울이지만 대개 개인주의를 보전하고 공권(公權)을 살피지 않는 영향이 많기 때문이다.[142]

---

142) 그뿐 아니라⋯⋯때문이었다. : 이 문장은 원문에서 던커파가 아니라 퀘이커교도들에 대한 언급인데 국한문본에서는 중간 내용이 생략되면서 마치 던커파에 대한 평가처럼 오독된다. 자신들의 교리를 확정적인 진리로 내세우지 않는 '겸양'을 지닌 던커파와는 달리 퀘이커교도들은 교리와 현실 사이의 충돌을 피하기 위해 점차 공직

예전에 프랭클린이 연료를 절약하기 위해서 보통 난로보다 뛰어난 것을 발명하고 로버트 그레이스[143]로 하여금 이를 제조하여 팔게 하였다. 또 그 난로의 구조와 이익을 설명하고 반대자를 논박하는 소책자를 발간하여 호평을 받았다. 토머스 총독이 이 난로를 칭찬하며 1년간의 전매권을 특별히 허가하였지만, 프랭클린의 주지(主旨)는 다른 사람에게 이익을 주는 데 있었기에 이를 거절하였다.

영국 런던의 한 철물 상인이 프랭클린의 난로 구조를 배워 약간 변경한 후에 전매권을 획득하여 풍부한 자산을 획득했다. 인지상정으로 이야기하자면 권리의 다툼이 없을 수 없지만, 프랭클린은 다른 사람과 다투는 것을 즐기지 않았으며, 또 어떤 종류든 발명하는 이유가 전매권을 획득하여 큰 재산을 모으는 데 있지 않았기에 이런 일들은 불문에 부쳤다. 프랭클린의 난로는 펜실베이니아주뿐 아니라 여러 이웃 주에서 사용되어 연료를 절약하는 이익을 일반인들에게 제공하였다.

뿌연 전쟁의 먼지가 가라앉고 평화 상태가 이루어졌다. 공동 의병의 사무도 한가해졌다. 다시 생각을 [교육사업 쪽으로] 바꿔서 뜻있는 몇몇 친구들 및 준토학회 회원과 논의하여 『펜실베이니아 청년 교육에 관한 계획』이라는 제목의 책자를 저술하였다. 뜻 있는 인사들에게 무료로 배송하고 그 사상을 환기한 후 대학[144] 설립을

을 멀리하고 사적인 생활에 침잠하고 있음을 말한 것이다.

143) 로버트 그레이스(로바-도케레스, Robert Grace, 1709~1766)

144) 대학: 일본어본과 국한문본에는 '中學'으로 표기되었으나 영어본에서는 academy 이다. 펜실베이니아 대학 설립을 설명한 것이기에 대학으로 옮겼다.

위한 가맹자를 모집하였다. 기부금을 5개년에 걸쳐 완납할 방법을
세워 약 5,000파운드(22,500원)의 거액을 모았다. 으레 그렇게 해
왔듯이 가맹자를 모을 때 프랭클린의 계획이라 하지 않고 공공 정
신이 풍부한 모 신사가 발기한 것으로 꾸몄다. 가맹한 사람 중에
선거로 24명의 창립위원을 뽑고 그중에 특히 치안판사(정부에 관한
송사를 주로 처리하는 관리)[145]로는 프랜시스와 프랭클린이 뽑혔다. 중
학교 조직에 관한 일을 입안하고 교회당을 빌려 학교 건물로 사용
하고 교원을 초빙하여 개교한 것이 1749년이었다.

　　이 교회당은 원래 공유물이라 어떠한 종파에 속한 것이 아니었
다. 기부자들이 함께 성공회교[146], 장로교, 침례교, 모라비아 형제
단[147] 등 각 종파에서 한 명의 위원을 선택하여 관리하게 하고, 만약
보결이 있을 경우는 각 사회단체에서 지명하여 뽑게 하였다. 그러
나 [종파마다] 의견이 각기 달라 일치하지 못했다. 프랭클린은 어
떤 종파에도 관계가 없고 또 정직하고 성실하다는 명성이 있어서
보결 위원으로 뽑혔다. 이때는 각 종파에서도 [교육사업을] 신봉하
는 마음이 점차 쇠퇴하고, 또 교회당을 유지하기 위한 부채가 날마

---

145) 치안판사: 국한문본에서는 대송사(大訟師), 영어 원문은 attorney-general이
다. 오늘날에는 법무국장, 법무상, 법무장관, 치안판사 등으로 옮긴다. "정부에 관한
송사를 주로 처리하는 관리"라는 주석은 이시후가 단 것이다.
146) 성공회: 원문은 '監督'이다. 성공회가 감독제(Bishopry)를 채택하고 있기에 붙
인 이름으로 보인다. 영어 원문은 Church-of-England로 되어 있다.
147) 모라비아 형제단(모레부안/모레부이안, Moravians/Moravian Church): 18세
기 등장한 개신교의 종파 중 하나이다. 활발한 해외 선교에 힘써 한때는 교인보다
선교사의 숫자가 3배나 많았다고 알려졌다. 이 무렵 북아메리카뿐만 아니라 아프리
카, 중국에서도 선교사업을 펼치고 있었다.

다 늘어났지만 갚을 길이 없었다.

프랭클린은 한편으로는 학교의 위원이면서 다른 한편으로 교회
당의 위원이었기 때문에 양방 모두에 편의를 주는 조치를 취했다.
학교가 교회당의 부채를 부담하되 교회당 건물을 양수(讓受)하고,
대신 설교를 위한 시간에 교회의 사용을 허락하는 계약을 체결하였
다. 마침내 [학교가] 교회당을 점유하여 다수의 교실을 설치하고
근처의 토지를 매입하여 크게 확장하였다. 프랭클린의 집안에 집
사 데이비드 홀[148]이 있어 영업에 부지런하고 성실했기에 집안일을
전담시키고 프랭클린은 학교의 사무에 온 힘을 기울었다.

총독에게 청하여 학교의 특별인가를 얻은 후, 영국에서 기부금
을 모집하여 자본을 증가하였다. 또 필라델피아의 칙허영주 및 주
의회로부터 토지를 증여받아 광활한 토지를 점유하게 되었다. 곧
현재의 펜실베이니아 대학교[149]가 이것이다. 프랭클린은 위원으로
거의 40년간을 교내에서 근무하였다. 이 학교에서 교육을 받은 청
년 등이 오늘날 공·사의 업무에 종사하며 필라델피아 주의 영광을
드높이는 것이 마치 밝은 별이 하늘에서 반짝반짝 빛나는 것과 같
았다.

이처럼 프랭클린이 집안일의 번잡함에서 벗어나게 된 것은 가
산이 빈한치 않게 되었기 때문이다. 그는 이후 남은 생애를 과학
연구에 종사하고자 하였다. 때마침 스펜스[150] 박사가 영국으로부터

---

148) 데이비드 홀(데뷔도홀, David Hall, 1714~1772)
149) 펜실베이니아 대학교(후야델후야大學校, University of Pennsylvania)

강연을 위해 미국으로 가져온 기계를 사들였다. 즐겁게 전기 실험에 종사했다. 이때 사람들이 프랭클린을 한가한 어르신이라 부르며 각종 사업을 위탁하는 인사도 있었고 혹은 관직에 선출하는 정부도 있었으며 시장이나 의원으로 뽑는 의회도 있어, 한가한 어르신이 바쁜 어르신이 되게 만들었다. 프랭클린이 스스로 생각하기에 다년간 주 의회에서 서기로 일할 때는 다른 사람의 의론을 말없이 듣기만 하여 재미를 느끼지 못했다. 이번에는 의원에 임명되어 회의장에 출석하였더니 마침내 여러 사람의 기대를 받아 그 이상 바랄 것이 없기에 자연스레 이 일을 담당하게 되었다. 법정에 출석하여 재판에 간여한 일도 있었지만, 프랭클린의 법률 지식이 송사를 듣고 판단하기에는 부족했기 때문에 판사의 직무를 사직하고 의원으로 10년을 근무하였다.

프랭클린이 의원으로 뽑힌 다음 해에 칼라일[151]에서 인디언들과 조약을 체결하기 위하여 의회의 위원과 참사관이 함께 그곳으로 출장하라는 명령이 당도했다. 프랭클린이 의장인 노리스[152]와 함께 그 일을 맡았다. 그곳 인디언들의 습관이 술을 마시고 항상 싸움을 일으켰다. 프랭클린은 먼저 금주령을 내린 다음, 회의 중에 술을 마시지 않고 근신한 자에게는 회의가 끝난 후에 마음껏 술을 마시도록 해주겠다는 약속을 정했다. 그들이 약속을 준수하여 평온히

150) 스펜스(벤스, Spence)
151) 칼라일(게이리슬, Carlisle)
152) 노리스(모리스, Norris)

회의를 마무리 짓고 양쪽 모두 만족한 결과를 얻은 후에 음주를 허가하였다. 회의장에 집합한 남녀노소가 침을 세 척이나 흘리고 있다가 음주 승낙을 얻자 펄쩍 뛰며 기쁘게 [술을 마시는 모습이] 마치 바싹 마른 묘목이 호우를 맞이하고, 큰 고래가 강을 마셔버리는 것과 같았다. 대여섯 시간이 지나자 그들 사이에 다툼이 일어나 검은 몸뚱이를 반쯤 드러내고 도통 알아들을 수 없는 말을 크게 절규하며 한밤에 이르렀다. 그들이 다시 프랭클린의 숙소 밖에 모여 술을 더 달라고 하였으나 프랭클린은 응하지 않았다.

다음 날 아침 그들이 지난밤의 과오를 깨닫고 장로 두세 명을 보내어 횡포를 사죄했다. 그들은 자기의 과실을 인지했지만, 한편으로 음주의 가부(可否)에 대해 이렇게 주장했다.

"만물을 창조한 큰 영혼은 다 쓸모가 있기에 각 사물을 창조하신 것이니 [각기] 창조된 목적을 따라 사용하지 않을 수 없소. 술을 빚은 것은 우리 인디언이 마시도록 한 것이오."

아! 하늘이 이 땅을 경작하는 인민을 위하여 원주민이 스스로 멸망케 할 목적으로 술을 쓰게 하는 것인가. 과거 해안에 서식하던 고귀한 족속은 지금은 그림자도 볼 수 없게 되었다.

1751년 프랭클린과 친밀한 의사 토머스 본드[153]가 필라델피아 안팎의 가난한 사람들의 질병을 치료하기 위해 병원을 건설할 계획을 세우고 열심히 가입자를 모집하였다. 그러나 이런 종류의 사업은 당시에는 신기한 사업이었다. 또 그 효력을 아는 자가 매우 드물

---

153) 토머스 본드(도마스본도, Thomas Bond, 1713~1784)

었으므로 이에 응하는 자가 없었다. 그가 프랭클린을 찾아와 부탁했다.

"나의 사업에 대해 찬성하는 자가 간혹 있으나, 먼저 그대와 협의할 수 있을지와 또 그대 의견은 어떠한지 묻습니다. 생각건대 여러 공공사업이 그대가 관여되지 않고는 결코 성공할 수 없었으니 그대는 나를 위해 동의를 표해주시오."

프랭클린은 그 사업의 성질과 효력을 상세히 캐어 묻고 즉시 참가할 뿐만 아니라 열성적으로 주선하기로 결심하였다. 그는 먼저 신문에 이 일을 상세히 설명하고 변론하여 각 개인의 사상을 개발한 후에 일에 착수하였는데, 이러한 수단은 본드가 생각하지 못한 바였다. 또 주 의회의 보조를 얻고자 하여, 기부인의 희망을 따라 계획명세표를 만들고 이를 의회에 제출하였다. 의회의 인준을 받고 기부금이 날로 증가하여 2천 파운드(우리나라 돈 9천 원)에 달하니 그 이자만으로도 족히 빈곤한 환자를 치료할 수 있었다. 청결하고 편리한 건물을 지어 병원을 열고 날이 갈수록 그 효과가 현저하여 나날이 번창하였다. 그 사업의 성취와 성공의 용이함이 이와 같기 어려울 것이다. 세상 사람들은 이 병원을 프랭클린이 발기했다고 여기지만 기실은 본드 학사(學士)의 계획을 따른 것이었다.

이 무렵 길버트 테넌트[154]라고 하는 목사가 와서 예전 휫필드 목사의 신도, 곧 장로교회에 속한 자들을 집합시키기 위하여 교회

---

154) 길버트 테넌트(기루보루도, 덴덴도, Gilbert Tennent, 1703~1764)

당을 건설하고자 프랭클린의 협력을 청했다. 프랭클린은 빈번히 기부금을 모집하면 일반 시민들이 싫증을 낼 것을 우려하여 단연코 거절하였다. 목사는 공공사상이 있는 인사의 성명만이라도 알려주기를 거듭 청했다. 프랭클린은 그들에게 누차 의뢰하는 것도 불가하다고 여겨 거절하였다. 목사가 부득이하여 방책을 청하였다. 프랭클린이 한 가지 묘책을 내주어 마침내 예상 밖의 금액을 모집할 수 있었다. 곧바로 웅대하고 장엄한 교회당을 건설하니 지금 아치 스트리트[155]에 있는 건물이 곧 이것이다.

　필라델피아 시내의 가옥은 웅장하고 아름답지만 거리가 매우 누추하고 더러웠다. 비가 오면 수레바퀴가 진흙탕에 빠져 통행이 곤란하고 평소에는 흙먼지가 날려 눈을 뜨고 숨을 쉬기도 어려웠다. 프랭클린은 저지[156] 시장 근처에 살 때 사람들이 오가는 데 곤란한 것을 보았다. 한동안 고생하여 시장 중앙에 벽돌로 한줄기 도로를 만들었다. 오래지 않아 먼지가 쌓이자 프랭클린은 이를 걱정하여 혓바닥과 붓끝이 다 닳을 때까지 설명하였다.

　"시가지만 벽돌로 만들었더니 다른 곳에서 오는 수레가 묻혀오는 진흙으로 인해 더러움을 면할 수 없다."

　더욱 궁리하여 한 가난한 노인을 고용하여 일주일에 두 차례씩 거리를 청소하게 했다. 또 한 가구가 매일 6펜스(1펜스는 우리 돈 2전)을 내도록 하는 설명을 인쇄하여 온 도시에 배포하니 찬성하지 않

---

155) 아치 스트리트(弓街, Arch Street)
156) 저지(죠루시, Jersey)

는 자가 없었다.

　겨우 4, 5일 후에는 온 도시에 벽돌을 깔자는 의견서를 기초하여 주 의회에 제출하였다. 그러나 토론을 통과하지 못했으니 이는 프랭클린이 영국에 가야 할 일이 있었기 때문이다. 이때는 1757년이다. 또 가로등을 설치하고자 할 때 어두운 영국식 둥근 램프를 개량하여 사각형 램프를 만들었다. 공기는 아래로 흐르고 연기는 위로 나가 밝은 빛이 새벽하늘과 같았고 청소하는 번거로움을 줄였으니, 이는 프랭클린의 공이라고 할 수 있다.

　프랭클린은 예전부터 미국 역체총관 아래서 우편 사무를 관리하고 관리들을 지휘하였다. 1753년에 총관이 사망하자 영국에서 프랭클린과 윌리엄 헌터[157]를 후임으로 임명하였다. 원래 미국 지국은 영국 본국에 보낼 수익금이 나지 않았다. 사무를 잘 처리하면 [프랭클린이 보수로 연간] 600파운드(우리 돈 2,700원)의 이익을 얻게 되어 있었으나, [실제로 이런 이익을 얻는 것은] 적지 않은 비용을 투입하여 사무를 개혁하지 않고서는 도저히 불가능했다. 프랭클린이 업무에 착수하여 [이 개혁을] 결행하느라 4년간 900파운드(우리 돈 4,500원)의 부채를 졌다. [그가 부채를] 속히 갚을 방법을 연구하는데 영국 내각의 경질을 당하여 맡고 있던 직책에서 해임되었다. [그러나 그때 프랭클린이 담당한 역체국은] 아일랜드 역체국(驛遞局)의 수익보다 3배나 되는 금액을 영국 본국에 납입할 [만큼 좋은 수익을 내고 있었다.] [프랭클린이 경질된] 이후로는 관리의 집무가 좋지 못하여

157) 윌리엄 헌터(위이리암한다, William Hunter)

[본국에] 다시 한 푼도 보내지 못하게 되었다.[158]

같은 해 프랭클린이 우편 관련 사무로 영국에 건너갔다. 케임브리지 대학교에서 프랭클린에게 문학박사 학위를 수여하였고, 코네티컷의 예일대학교에서도 또한 같은 학위를 받았다. 프랭클린이 일찍이 물리학 중 전기학에 통달하여 [전기기구를] 발명하고 개량한 공이 있기에 이러한 영예를 부여한 것이다.

158) 이 단락 전체는 국한문 번역이 원문 맥락을 제대로 전달하지 못하기에 현대어 번역자가 [ ] 안에 어구를 추가하여 최대한 원문의 의미를 살릴 수 있도록 번역하였다.

제8장

1754년에 프랑스와 [영국 사이에] 다시 전쟁이 일어날 위급한 형세가 있었다. 그래서 영국으로부터 각 식민지의 위원을 올버니[159]에 파견하여 6대 인디언 부족과 함께 방어책을 의논하라는 명령이 떨어졌다. 필라델피아 총독 해밀턴이 이런 뜻을 주 의회에 통지하고 위원 선거와 인디언에게 보낼 선물을 요청하였다. 주 의회에서는 토머스 펜[160]과 서기관 리처드 피터스[161]를 펜실베이니아 주 위원으로 선출하고, 의장 노리스 씨와 프랭클린을 함께 파견했다. 프랭클린은 [올버니로] 가는 길에 공동방어책이 식민지 전체와 관련된 중요한 사안이기 때문에 여러 식민지와 동맹하여 연방정부를 만들 방책을 생각해 냈다. 뉴욕을 지날 때 이 구상을 제임스 알렉산더[162]와 케네디[163]에게 알렸다. 두 사람은 공공사업에 숙련된 사람들이라 크게 찬성하였다. 새로운 안을 대회에 제출하니 다른 위원 중에도 같은 방안을 제출한 사람이 많았다. 당시 가장 큰 문제는 연방정부 건설의 가부였는데, 이는 만장일치로 가결되었다. 그다음은 각

---

159) 올버니(아루바니, Albany)
160) 토머스 펜(존베, Thomas Penn, 1702~1775)
161) 리처드 피터스(비-다-스, Richard Peters, 1704~1776)
162) 제임스 알렉산더(젬스, 아레기산다, James Alexander, 1691~1756)
163) 케네디(게네데, Kennedy)

식민지에서 한 명씩 위원을 택하여 제출된 안건을 조사하는 것이었다. 여기에서 프랭클린의 안건을 채택하여 약간 개정한 후 전체 회의에 보고하였다.

이 방책에 따르면 연방정부에는 국왕이 친히 임명하는 대통령[164]이 있어 정부를 통치한다. 또한 참사원(參事院)[165]이 있는데, 이는 각 지방에서 선정하는 의원 등으로 조직하는 것이다. 이런 의안과 인디언에 관한 문제를 매일 토의하여 변론과 반박이 누차 오간 뒤에 가결되어 즉시 영국 사회 및 각 주 의회에 통지하였다. 각 주 의회는 이 의안에 대해 [연방정부의] 특권이 과다하다 하고, 영국은 여기에 공화(共和)의 요소가 다분히 포함되었다면서, 모두가 반대하여 결국 국왕에게 상주(上奏)하지 못했다. 그러나 [원안의 연방정부와] 형태는 다르지만 실질적으로는 동일한 단체를 조직하고, 각 주의 총독이 참사관과 함께 모여 군대 편성과 요새 건축 등을 집행하기로 했다. 그 비용은 영국 정부가 우선 지불하고 후에 다시 각 주에서 징수하여 [상환하기로 했다.] 위의 여러 안건과 관계 서류는 지금까지 보존되어 정치 서류 가운데 보관하고 있다.

당시 프랭클린의 원안이 채용되었다면 본국과 식민지에 큰 행복이 있었을 것이다. 왜 그런가 하면, 식민지를 하나로 묶는다면 자위책을 세울 수 있어 본국이 [식민지 방위를] 고민해야 하는 폐단

---

164) 대통령(大統領, president-general)

165) 참사원: 원문에는 '참사(參事)'로만 되어 있다. 영어판에는 grand council, 일본어판은 '참사회(參事會)'이다.

이 없었을 것이고, 또 군비를 충당하기 위해서 조세를 거두는 일로 [영국과 미국 식민지 사이에] 피를 흘리는 참사도 미리 막을 수 있었을 것이기 때문이다.

대개 여러 사무를 결정하는 사람은 깊은 생각이 적고 또 새로운 안건을 집행하는 것을 좋아하지 않는다. 그래서 기이한 계책과 신묘한 방안은 시세의 급박함 [때문에 어쩔 수 없이] 채용된다. 펜실베이니아 총독은 [프랭클린의] 연방정부 안건을 밝게 조사하고 깊이 의논한 후 이를 칭찬하며 주 의회에 발송하였다. 그러나 [이 의안은] 프랭클린이 결석했을 때 모 의원의 주장으로 졸속히 부결되었으니, 진실로 분한 일이었다.

같은 해에 보스턴에 가기 위해 뉴욕을 지날 때 새로 뉴욕주 총독으로 임명되어 영국으로부터 온 모리스[166]를 만났다. 총독이 물었다.

"[총독으로서] 유쾌하지 않은 정무도 수행해야 하겠지요?"

프랭클린이 대답했다.

"당신이 주 의회와 논쟁을 벌이지 않는다면, 유쾌하지 않은 일은 없을 것입니다."

총독이 주 의회와 논쟁[할 때 대립하지 않을] 방침을 물었다.

"내 성질이 토론을 좋아하지만, 당신의 충고를 새겨두겠소."

그가 토론을 좋아하는 것은 그의 웅변이 교묘하여 항상 의회에서 지는 일이 없었기 때문이다.

[그러나] 돌아오는 길에 뉴욕에 도착하니 신임 총독은 [벌써]

---

166) 모리스(모리스, Robert Morris, 1700~1764)

의회와 분란을 일으키고 있었다. 총독이 프랭클린에게 [실토했다.]

"그대의 권고를 잘 지키지 못하여 이 지경에 이르렀소."

프랭클린도 펜실베이니아에 돌아온 후 이런 논쟁에 참가하여 [모리스 총독과] 지필로 문답하였다. 때때로 과격하고 극단적인 변론과 불손하고 불경한 언어를 사용하였어도 얼굴을 마주할 때는 친절한 언사로 시작하여 입술이 다 마를 때까지 대화하였다. 총독의 마음은 극히 선량하여 공무상 논쟁으로 인해 개인적 친밀을 손상하는 일은 결코 없었다. 프랭클린과 자주 회식하며 정다움을 조금도 잃지 않았다.

하루는 길거리에서 총독을 만났는데 자기 집으로 가서 함께 저녁을 즐길 것을 간청하였다. 부득이하게 함께 가서 만찬을 하고 즐거운 대화를 나누었다. 그때 총독이 이런 농담을 했다.

"산초 판자[167]가 목민관이 되면 흑인이 사는 영지를 다스리길 바란다며 [자신의 말을] 따르지 않으면 [노예로] 팔아버릴 수 있기 때문이라는 뜻을 청원한 일이 있었소.[168] 나는 그 말에 감탄을 금할

---

167) 산초 판자(산고반시―, Sancho Panza)

168) 산초 판자가……있었소.: 총독은 『돈키호테』의 등장인물 산초가 돈키호테에게 한 말을 인용하여 농담을 하고 있다. 돈키호테가 산초에게 나라를 하나 주겠다고 하자 산초가 흑인이 사는 나라를 달라고 했다. 흑인 주민이 자신의 말을 따르지 않으면 노예로 팔아버리면 그만이기 때문이다. 아메리카 식민지 주민 및 의회와 반목하고 있던 총독이 식민지 주민을 흑인처럼 팔아버릴 수도 없으니 골치 아프다는 의미를 담은 뼈 있는 농담이다. 총독의 친구는 식민지 주민을 칙허영주에게 팔아버리라며 총독의 농담을 이어가고 있다. 식민지 의회 의원인 프랭클린은 이 불쾌한 농담에 총독이 아직 주민들을 충분히 '먹칠하지 못했'(검게 만들시 못했다)기 때문이라는 또 다른 농담으로 응수한다. 국한문본에는 누락되었으나 원문에는 의회와 총독이 반목하며 서로를 '먹칠'하려고 애썼다는 내용도 이어진다.

수 없소."[169]

이때 총독의 친구가 옆에 있다가 프랭클린을 돌아보며 물었다.

"프랭클린씨, 그대는 어째서 저런 사악한 무리[인 퀘이커 교도]를 편드십니까. 어째서 그런 자들을 팔아버리지 않습니까. 만약 그렇게 하면 칙허영주들이 당신에게 후한 값을 쳐줄 텐데요."[170]

프랭클린은 이렇게 답했다.

"총독께서 아직 그들을 충분히[171] 검은색으로 칠하지 못하셨기 때문입니다."

훗날 총독은 결국 의회와 [원만한] 협의를 이루지 못해 사퇴하였다.

이러한 분규는 필경 펜실베이니아 주 칙허영주에 관한 훈령[172]

---

169) 나는 그 말에 감탄을 금할 수 없소: 원문은 '余는此事를仍置못ㅎ겠다'. '仍置'는 '그대로 두다'라는 의미다. 일본어역에서는 총독이 산초의 말에 '감탄을 금할 수 없다'라며 동의를 표하는 문장인데, 국한문본의 의미는 모호하므로 문맥에 맞게 고쳐 번역하였다.

170) "프랭클린씨,⋯⋯텐데요.": 이 문장은 국한문이 일본어의 2인칭을 1인칭과 3인칭으로 바꿔 번역하면서 의미가 통하지 않게 되었다. 국한문본을 그대로 번역하면 다음과 같다. "프랭클린씨, 나는 어째서 저런 사악한 자와 사귀게 되었는지 후회가 막심하군요. 그는 어째서 그놈들을 팔지 않겠다는 것이요, 생각해 보면 지주들은 당신에게 후하게 값을 쳐 줄 텐데요." 여기서는 일본어역에 따라 고쳐 번역하였다. 총독의 친구는 아메리카 식민지 주민, 특히 식민 통치에 여러 면에서 비협력적인 퀘이커교도들을 비난하면서, 프랭클린에게 왜 그들 편을 드는 것인지 따지고 그들을 흑인 노예처럼 팔아버릴 수 있다면 좋겠다고 말하는 것이다.

171) 충분히: 원문은 '價値가有ㅎ'. 일본어의 '十分'을 번역한 것이나 문맥에 맞지 않기에 고쳐 번역하였다.

172) 칙허영주에 관한 훈령: 국한문본에는 훈령의 내용이 누락되어 있는데, 영어 원문에 따르면 칙허영주들의 방대한 토지에 세금을 면제하도록 하는 훈령을 가리킨다. 주 의회는 칙허영주들의 이런 특권을 철폐하고 공평한 과세를 부과하기 위해 총독을

에서 기인한 것이었다. 총독은 훈령에 복종해야 하는 맹약을 맺고 부임했다. [그런데] 어떠한 훈령이든지 주 의회를 거치지 않는 것이 없기에 [모리스 총독은] 전후 3년간 [주 의회에] 거의 압도당하면서도 꿋꿋이 이 [훈령을 지키려고] 변론하였다. [반면] 데니[173] 총독은 모리스와는 달리 이런 훈령에 계속 저항하였으니, 그 결과는 다음 장에 쓰겠다.

프랑스와 전쟁이 시작되어 매사추세츠(영국 식민지 합동 정부) 정부는 크라운 포인트[174]를 습격하고자 했다. 먼저 퀸시[175]는 펜실베이니아에, 포널[176]은 뉴욕에 파견하여 원조를 구하게 했다. 퀸시는 프랭클린과 동향 사람이라서 예전부터 친밀히 교제하여 뜻이 서로 맞았다. 그래서 프랭클린에게 온 힘을 다해 주선해 줄 것을 청했다. 프랭클린이 이 내용을 주 의회에 통지하였고 모든 의원들의 승낙을 받아 1만 파운드(우리돈 4만 5천 원)을 빌려주기로 결정하였다. 그러나 총독이 홀로 이를 인가하지 않았기에 의회에서 더 어떻게 조치할 수 없었다. 퀸시는 빈번히 총독을 찾아가 재촉했지만 고집불통이었다. 그래서 프랭클린이 총독을 통하지 않고 돈을 변통하는 방법을 생각해 내어 주 의회가 직접 지출명령권이 있는 대금국[177]에서

압박했고, 이 쟁점이 총독과 식민지 주 의회 사이의 주요한 갈등 원인중 하나였다. 이 단락은 국한문본에서 의미 맥락이 잘 드러나지 않기에 내용을 일부 수정하여 번역했다.

173) 데니(갸피뎬니, Captain Denny)

174) 크라운 포인트(구라운, 쏀인도, Crown Point)

175) 퀸시(구인시/구인시―, Josiah Quincy, 1710~1784)

176) 포널(바우닐, Pownall)

출금하게 하였다. 대금국은 공채증서와 유사한 증서를 발행하여
금액을 모집하였다. 인민들은 이것이 이익이 됨을 깨닫고 경쟁적
으로 사들여 며칠 지나지 않아 증서가 다 팔렸다. 원조에 필요한
금액을 충분히 채워서 퀸시는 프랭클린의 두터운 은혜에 감사하며
돌아갔다. 이후로 두 사람은 더욱 친밀해졌다.

영국 정부는 올버니 식민지의 공동방어 병력을 두려워하여 이
를 진압하기 위해 브래독[178] 장군을 총독으로 선정하여 정예병 2개
연대를 파견했다. 부대는 버지니아[179] 주(州) 알렉산드리아[180]에 상
륙하여 메릴랜드[181]로 행군한 후 짐마차가 없어 그곳에 머물렀다.
주 의회는 장군이 나쁜 뜻을 가지고 왔다는 것을 알게 되었다. 주
의회는 프랭클린이 역체총관 자격으로 부대의 주둔지에 가게 했
다. 표면상으로는 장군과 각 총독 사이의 신속한 왕복 서신을 돕기
위함이었지만 기실은 비밀리에 장군의 마음을 부드럽게 풀어줄 것
을 위탁받았다. 그래서 아들을 데리고 출발하였다.

이때 장군은 프레데릭 타운[182]에 머물면서 메릴랜드와 버지니아
로부터 보급품 수레가 도달할 것을 기다리고 있었다. 프랭클린은
그곳에서 장군을 만나 수일간 군부대에 머물면서 장군의 마음속

---

177) 대금국(貸金局): 영어로는 Loan Office이다.
178) 브래독(부리돗구, Edward Braddock, 1695~1755)
179) 버지니아(부을지니아, Virgina)
180) 알렉산드리아(아레기산데리아, Alexandria)
181) 메릴랜드(메리란-도, Maryland)
182) 프레데릭 타운(후레데릿구다운, Frederictown)

생각을 잘 헤아려서, 주 의회가 장군에게 대항하려는 것이 아니라 오히려 그의 활동을 원조한다고 느끼게 만들었다. 프랭클린이 돌아가려고 할 때 수레 25량이 도착했지만 실제로 쓰기에 부적당한 것이 많았다. 장군과 여러 장교가 낙담하여 진군할 수 없다고 한탄하고 수레를 보내온 관리에게 화를 냈다. 프랭클린이 이를 심히 걱정하여 장군에게 말하였다.

"당신들이 펜실베이니아에 상륙했더라면 우리 주 농부들이 가진 짐수레라도 주선하여 군사를 편하게 할 수 있었을 것입니다."

장군이 수레 주인들[183]과 계약을 맺고자 했다. 프랭클린은 즉시 펜실베이니아로 돌아와 광고를 내서 이 일을 널리 알렸다.

이번에 영국 장군이 미국에 건너와서 화물 운반용으로 수레를 구하고 있으며, 상당한 금액을 지급하니 수레가 있는 자는 속히 보고하라. 만일 응하지 않는 자는 훗날 약탈의 화를 면할 수 없으니 어리석은 화를 부르지 말라.

수레 비용 800파운드를 장군에게 받고 부족한 금액 200파운드는 프랭클린이 대신 내어 2주 만에 수레 150량과 말 359필을 모집하여 주둔지로 보냈다. 광고의 말미에 만약 수레나 말을 잃어버리는 경우에는 보상금을 준다고 써두었다. 소유주들이 증거서류를

183) 수레 주인들: 원문은 '軍中車馬所掌人'인데 의미가 불분명하다. 영문을 참조하여 맥락에 맞게 수정하여 번역했다.

요구해서 즉시 써주었다.

그 전에 프랭클린이 주둔지에 머물 때 하룻밤 하급 장교들과
함께 저녁 식사를 함께했다. 한 대위가 프랭클린에게 말했다.

"식량이 끊겨 군대가 곤궁을 면하기 어렵습니다."

프랭클린이 이를 구조할 생각으로 즉시 군대 경험이 있는 자를
불러들여 필요한 음식물을 기록하게 하고, 주둔지의 사정을 자세
히 적어 그 기록을 의회에 보냈다. 의원들이 곧바로 군량을 실은
수레를 보내어 일시의 배고픔을 면할 수 있었다. 장군과 여러 장교
가 매우 기뻐하며 다시 보급해 줄 것을 부탁하였다. 이후에도 부대
가 패배할 때까지 군량을 계속 운송해 주었다. 브래독 장군은 본래
용맹한 인물이라 유럽대륙에서 적수가 없어 자부심이 지나쳤다.
자기 부하의 정예함만 믿고 미군과 인디언의 부대를 얕보다가 마침
내 패배당했다.

인디언 중에 그 군대에 통역으로 종사하는 자가 있었다.[184] 프랭
클린에게 이제부터 두케인 요새[185]를 지나 나이아가라[186]를 약탈하
고 즉시 행군하여 프론트낙[187]을 습격한다고 하였다. 싸움이 일어
나면 반드시 이길 것이라고 장담하였다. 프랭클린이 스스로 생각

184) 인디언……있었다: 이 문장 다음에 이어지는 진군 계획은 브래독 장군의 발언이
다. 인디언 통역에 대한 언급 뒤에 브래독 장군이 인디언 병사들을 홀대하여 그들이
떠나갔다는 부분이 생략되었다. 장군의 발언은 그 이후 시점의 일이다.
185) 두케인 요새(츄구예손/도구에스네, Fort Duquesne)
186) 나이아가라(나이앙이라, Niagara)
187) 프론트낙(후론데낫구, Frontenac)

해 보니 그곳은 통로가 좁고 삼림이 울창하여 제대로 행군할 수 없었다. 혹여 중간에 습격이라도 당하면 대오가 단절되어 밧줄이 끊어지는 것과 같을 것이다. 예전에 프랑스 군대가 이로쿼이[188] 지역에 침입하였다가 대패한 교훈도 있었다. 그래서 승리하기 어렵다고 생각하였다. 이후 과연 숲속을 통과하다가 갑자기 인디언과 프랑스 동맹군의 돌격을 받아 일패도지[189]하였다. 장군은 중상을 입고 장교 86명 중 사상자가 63명, 병사들은 1,100명 중에 간신히 330명이 살아남았다.

[브래독 장군이] 패배한 원인은 미국인들이 자부심이 있어 정예병으로 자처하는 영국 병사들을 두려워하지 않았던 까닭이다.[190] 이처럼 패배하여 프랭클린이 주선한 수레가 대부분 망실되었다. 소유주들이 계약에 근거하여 프랭클린에게 변상을 청구하는 자가 많았다. 금액이 20,000파운드를 넘어가 프랭클린의 가산을 탕진할 지경이 되었다. 다행히 셜리[191] 장군의 도움을 받아 이런 재난을 모면할 수 있었다.

---

188) 이로쿼이(이리노스, Iroquois)

189) 일패도지(一敗塗地): 싸움에 한 번 패하여 간(肝)과 뇌(腦)가 땅바닥에 으깨어진다라는 뜻으로, 여지없이 패하여 다시 일어날 수 없게 되는 지경을 말한다.

190) [브래독 장군이] 패배한 원인은……까닭이다: 이 문장은 국한문본의 오역이다. 영문과 일본역본의 맥락은 영국군이 프랑스군에게 처참하게 패배한 것을 보고 미국 식민지 주민들이 영국군의 용맹함을 과대평가해온 것이 아닌가라는 의구심을 품게 되었다는 것이다. 이런 의구심은 나중에 미국 식민지 주민들이 영국에 맞서 독립전쟁을 일으킬 수 있는 원인이 되었다. 그러나 이시후는 브래독 장군의 전투가 영국과 미국 식민지 사이의 전쟁이라고 착각하여 이렇게 번역한 것이다.

191) 셜리(시이루레, Sir Thomas Shirley, 1727~1800)

제9장

모리스 총독은 브래독 장군이 패배할 때까지 주 의회에 교서를 계속 보내어 펜실베이니아 주 방어 비용을 칙허영주 소유[192] 이외의 지역에서 징수하기를 권유하였다. 주 의회는 이를 강경한 태도로 거절했다. 의회가 마침내 [방어 비용으로] 50,000파운드를 지출할 것을 의결했을 때, 총독은 그 결의서 중 한 구절을 개정하고자 했다. 자기와 다른 사람의 소유를 막론하고 모두 토지에 과세하며, [과세대상에는] 칙허영주의 영지도 포함된다는 구절이었다. 그러나 이를 삭제하는 것은 사실상 불가능한 요구였기 때문에 [주 의회는] 결코 허락하지 않았다. 이런 소식이 영국에 도달하면서 이와 더불어 주 의회와 총독 사이에 분쟁이 있음이 알려졌다. [아메리카 식민지의] 현지 사정을 상세히 알고 있던 사람들은 칙허영주가 총독을 통해 주 의회에 요구한 일이 부정하고 비열하다고 논박하였다. [그들은 칙허영주의] 식민회사가 주 영토의 방어에 장애가 되는 것은 펜실베이니아의 권리에 손해를 끼치는 것이라고 힐책하였다. 식민회사의 임원들은 겁에 질려 급히 징수관에게 방어비로 5,000파운드를 기부하게 하였다. 그러나 이 금액은 보통의 세금과

192) 칙허영주: 국한문본에서는 영국회사소속, 회사의 영지 등으로 번역했는데, 앞에 나온 '칙허영주'와 같은 대상을 지칭하기에 모두 칙허영주로 통일하여 번역했다.

성질이 거의 비슷했으므로 주 의회에서 이를 [세금으로서] 수령하
고 다시금 법안을 수정하여 식민회사에서는 [별도의 세금을] 출금
할 필요가 없다는 문구를 더해 통과시켰다.

이후 프랭클린은 군자금 60,000파운드를 처리하는 위원 중 한
사람으로 뽑혀 여러 사무를 주선했다. 지원병을 모집하여 훈련시
키고, 군대를 편성하는 데 필요한 회사를 설립하는 방안을 기초했
다. 이에 대한 이해(利害) 문답서를 기술하여 인쇄하고 공포하였다.
그의 예상에 어그러짐이 없었으므로 좋은 결과를 얻었다.

이런 방책에 따라 펜실베이니아는 물론이고 다른 지방까지 모
두 군대를 조직하여 훈련을 시행했다. 당시 서북 국경지대는 외환
이 가장 많았다. 요새를 건축하여 방어하는 것이 좋겠다는 총독의
부탁이 있었다. 프랭클린이 그 책임을 맡아 분발하여 알선하였다.
총독은 전권을 프랭클린에게 위탁하고 적당한 자를 뽑아 장교로
임명하는 특권을 부여하였다. 그래서 프랭클린은 다행히 병사 모
집에 큰 노력을 들이지 않고 즉시 560명을 얻었다. 아들이 예전에
캐나다 전쟁에 장교로 종군한 경력이 있었기 때문에 프랭클린을
보좌하여 편의가 많았다.

인디언들이 모라비아 형제단이 거주하는 한 마을[그나덴헛]에
불을 지르고 그 주민을 학살한 일이 있었다. [그러나] 그 지역[193]은
든든한 요새를 설치하기에 좋은 곳이라고 생각되었다. 그곳까지

---

193) 그 지역: 국한문본은 일본어본의 '其地'를 '其他'로 오역하면서 이 단락 전체의
의미가 모호해졌다. 원문을 참조하고 [ ]안에 어구를 보충하여 수정 번역하였다.

진군하려고 [군대를] 형제단의 본부 베들레헴[194]에 집결시켰는데, [의외로] 그곳 역시 요충지임을 발견하였다. 인접한 그나덴헛[195]이 파괴되자 [모라비아 형제단이 베들레헴의] 경비를 더 [철저히] 한 것이다. 장대한 가옥들은 대부분 목책을 둘렀고 뉴욕에서 많은 무기를 사들였다. 남자는 보초를 서며 서로 힘써 근무하였고, 지붕에는 벽돌을 쌓아두어 부녀자도 [돌을] 던져 건물 아래로 다가오는 인디언을 방어하게 하였다.

1월 초순부터 보루를 짓기 시작하였다. 또 별동대를 미니싱크[196]에 파견하여 보루를 위아래로 [하나씩] 짓기 시작했다. 프랭클린은 나머지 군대를 인솔하여 요해처인 그나덴헛으로 진군하고자 했다. 이때 모레비안 형제단은 수레 다섯 량을 제공하여 군수품 수송에 편의를 제공했다. 베들레헴에서 출발하는 날은 춥고 눈이 흩날려 행군이 곤란했다. 다음날은 날씨가 쾌청하여 다행히 그나덴헛의 폐허에 도착하였다. 즉시 수군(水軍)에서 쓰는 나무판자를 가져다가 비바람을 피할 임시가옥을 건설했다. 차차 흩어져 있는 시체들을 매장하는 일에 착수했다. 다음날 아침에 주위 455척의 땅에 두께 한 척의 목책을 세울 계획을 수립했다. 병사들은 각자 도끼를 가져와 벌목을 시작했다. 나무가 쓰러지는 굉음이 귓가에 끊이지 않았다. 베어온 나무들을 직접 검사해보니 거의 다 직경이 40인치

194) 베들레헴(벳스레헴/베쓰레헴, Bethlehem)
195) 그나덴헛(낫데홋도/나델호스돈, Gnadenhut)
196) 미니싱크(미니레, Minisink)

이고 길이가 18척 이상인 거목으로 목책의 재료에 적합하였다. 사방에 깊이 4척의 해자를 파고 그 안에 목재를 세워 높이 6척인 나무판을 세우고 그 위에 대포를 장치하였다. 우선 한 발을 발사하여 인디언에게 우리 군이 이러한 좋은 무기를 가지고 있음을 알게 하였다.

이때 비가 지루하게 내렸으나 간신히 일주일 만에 준공하였으니 병졸들의 고생을 알 만하다. [그러나] 웬만큼 준비가 끝나 빈둥대며 하루를 보내니 오히려 [병사들 사이에] 싸움과 다툼이 곳곳에서 일어났기 때문에, 프랭클린은 선장의 지위에 있는 것과 같이 선원들을 부리는 데 쉴 틈을 갖지 못했다. 요새가 견고하다고 할 정도는 아니었지만, 대포가 없는 인디언을 방어할 준비는 완전하여 근거지는 확립되었기에 대열을 나누어 주변을 순시하게 했다. 이때는 엄동설한이라 인디언은 불을 이용하여 추위를 막아야 했으나 불길로 인해 연기가 하늘로 피어오르면 그들의 근거지가 발견될 우려가 있었다. [그래서 그들은] 깊이 굴을 파고 타고 남은 장작으로 숯을 만들어 근근이 추위를 막을 뿐이었다. 이로 미루어 생각해보니 그들은 소수 인원이기에 [프랭클린의 군대를] 대적하기 어려웠음을 알 수 있었다.

요새가 완성되고 일이 한가해질 무렵 총독으로부터 서신이 도착했다. 현재 의원을 모집하니 참가하라는 것이었다. 또 친구들로부터노 출석하기를 권면하는 서신들이 도착하였다. 이때쯤에는 방어책이 완전히 준비되었으므로 변방의 주민들도 각자 생업으로 돌아가 편안했다. 또 인디언과 교전 경험이 있는 클래펌 대령[197]이와 있었기에 지휘 책임[198]을 그에게 맡겼다. 부대를 정렬시키고 위임장을 낭독한 후 대령을 각 장교와 병사들에게 소개했다. 간단한 연설을 하고 진영에서 물러나와 한 무리 장졸의 호송을 받아 베들레헴에 도착하였다. 휴식하기 위하여 2, 3일 그곳에 머물렀다. 예전에 병영에 있을 때는 겨우 한두 장의 모포만으로 잠자다가 갑자기 좋은 침대에 한가로이 누우니 밤새도록 잘 잘 수 없었다.

그러나 그곳에 머무를 때 모라비아 형제단과 친밀하게 교제하였다. 그들은 공동으로 노동하고 공동으로 식사하며, 주거도 공동 가옥에서 함께 했다. 각 방에는 공기를 통하게 하는 구멍을 뚫었다. 프랭클린이 교회에 들어가니 장엄한 음악으로 환영받았다. 집회는 남녀노소가 섞이지 않고 각기 진행하는 날짜가 정해져 있다. 남자아이는 청년 남자가 가르치고, 여자아이는 청년 여자가 가르쳤는데, [아이들을] 각각 의자에 앉게 하여 질서정연하였다. 아동의 몸가짐은 충분히 정숙해 보였으나 얼굴빛이 창백하여 건강하지 못한 모습이었다. 이는 [아이들이] 자주 운동하는 것을 허락하지 않을 까닭일 것이다.

예전에 소문으로 [모라비아 교도는] 결혼을 제비뽑기로 결정한다고 들었다. 그 사실 여부를 물어보니 간혹 특별한 경우에 그런 일이 있으나 보통은 성인 남자가 연장자에게 혼인 소개를 부탁하면

197) 클래펌 대령(게레후안, William Clapham, 1722~1763)
198) 지휘 책임: 국한문에서는 총독책임(總督責任)이라고 되어 있고, 영어에서는 command다. 영국에서 파견한 식민지 총독과 혼동될 수 있기에 '지휘'로 옮겼다.

연장자가 여자 연장자와 상의하여 적당한 여자를 선택하여 결혼식을 거행하는 것이 관례라고 한다. 만약 적당한 여자가 여러 명일 경우에 제비뽑기를 통해 결정한다. 그래서 결혼한 후에 부부가 화목하지 못한 폐단이 있으니 이는 직접 [배우자를] 선택하지 않은 까닭이다.

필라델피아에 돌아와 지원병 조직을 완성하고 대오를 편성하여 지휘자를 선발하니 사무가 잘 정돈되었다. 장교들이 프랭클린에게 연대장[199]이 되어주기를 청해서 부득이하게 이를 허락하였다. 그때 프랭클린 휘하에 1,200명의 용사와 1분에 12발을 발사하는 야전포 6문을 가진 한 부대가 있었다. 연대장으로 뽑혔기에 우선 전군을 검열하고 돌아올 때 사병들이 호위하여 프랭클린의 집 앞에 정렬하였다. 축포를 발사하여 축하의 뜻을 표하다가 프랭클린의 전기 기계를 잘못 맞춰 파괴하였지만, 프랭클린은 이를 실로 감사한 피해라고 말하였다. 그 후 얼마 지나지 않아 영국에서 지원병 법령이 폐지되어 프랭클린의 병영도 그 기계들과 같이 약해졌다.

프랭클린이 연대장의 자리에 있을 때 사고가 있어 버지니아에 가게 되었다. 장교들이 호송하는 관례가 있어 3, 40명이 각기 정복을 차려입고 기마로 프랭클린을 호송하여 도시 외곽의 로어 페리[200]까지 도달하였다. 프랭클린은 이런 예식이 있을 것을 미리 알지

---

199) 연대장: 『부란극림전』은 일본어판의 용례를 따라 '총독(總督)'으로 번역했다. 영어 원문은 colonel of the regiment로 연대장으로 해석하는 것이 더 자연스럽다.
200) 로어 페리(로-와후에리, Lower Ferry)

못했을 뿐 아니라 [연대장의] 분수에 넘치는 것임을 인지하지 못해
서 처음에는 이를 거절하지 않았다. 어떤 사람이 이를 칙허영주에
게 통보하니, 이러한 예식은 총독도 받을 수 없는 것이요, 다만 살
벌한 분위기를 풍기기 좋아하는 왕공(王公)을 대우하는 방식이라며
화를 내었다.

칙허영주들은 예전부터 프랭클린에게 원한을 품고 있었기에 이
러한 부당한 예를 받았다고 더욱 미워하여 마침내 이를 정부에 고
발하기에 이르렀다. 그 이유는 프랭클린이 주 의회에 있으면서 예
산을 부결(否決)하는 힘이 있으니 이는 국왕을 받드는 걸 방해하는
것이며, 병사들을 이끌고 위의(威儀)를 과시한 것은 병력으로 정권
을 탈취하려는 증거라는 것에 불과했다. 또 역체총관 에버라드 포
크너 경[201]에게 프랭클린의 관직을 박탈할 것을 여러 차례 권고했
다. 그러나 좋은 결과를 얻지 못했고, 다만 [프랭클린이] 포크너
경에게 관대한 충고를 받는 데 그쳤다.

총독은 빈번히 프랭클린을 공격했고, 프랭클린도 주 의회에서
항상 방어전을 게을리하지 않았다. [그럼에도 불구하고] 총독과의
개인적 관계는 의연히 친밀했는데, 이는 각자 자기의 직무에 충실
했기 때문이다. 마치 원고와 피고의 변호사들과 흡사하게 총독은
칙허영주를 위하고 프랭클린은 인민을 위해 일했지만, 총독은 혹
곤란한 사건이 발생할 때면 프랭클린을 불러 상의하고 그가 충고하

201) 에버라드 포크너 경(사-에뷔을라-도, 호구놀, Sir Everard Fawkener, 1694~
1758)

는 바를 채용하였다.

[예컨대] 총독은 프랭클린과 함께 브래독 장군에게 군량을 공급했으나, [브래독 장군이 프랑스군에게] 패배를 당하자 변경(邊境)을 방어할 수 없을까 우려하여 프랭클린과 의논했다. 프랭클린이 당시에 무슨 말로 충고하였는지 명확히 기록할 수는 없지만, [대체로] 던바 대령[202]에게 그 자리에 머물러 적병을 방어하고 다른 식민지에서 구원병이 오기를 기다렸다가 출발하[라는 명령을 내리는]것이 좋겠다는 의견이었다. [한편 총독은] 프랭클린이 진영에서 돌아오자 펜실베이니아주의 병사를 감독하여 두케인 요새를 공략하라고 지시했다. 프랭클린이 이 임무를 담당할 만한 [군사적] 지략이 없음에도 불구하고 [총독이] 이런 명령을 내린 까닭은 프랭클린이 명망이 높고 주 의회에 세력도 있어서 인민들이 군자금을 출연하는 데 이의가 없을 것 같았기 때문이다. 그러나 이 계획은 프랭클린이 열의를 보이지 않아 마침내 폐지되고, 총독도 교체되어 데니가 다음 총독으로 부임했다.

새로운 총독 밑에서 프랭클린이 관계하던 공무상 사건을 기술하기 전에, 자연과학[203] 분야에서 그의 경험과 진보를 진술한다.

1746년 보스톤에서 프랭클린은 스코틀랜드로부터 온 스펜스 박사를 만났다. 그는 프랭클린을 위해 전기의 작용을 [실험으로] 보여주었다. 그는 본래 뛰어난 기술은 없었으나 [전기의] 신기한 묘

202) 던바 대령(돈바-, Dunbar)
203) 자연과학: 원문은 理學으로 되어 있다.

기는 실로 감탄할 만했다. 이후 프랭클린이 필라델피아에 돌아왔을 때 영국의 학사(學士) 피터 콜린슨[204]이 전기 시험용 유리관을 프랭클린의 도서관에 보내주고 그 사용법도 가르쳐주었다. 그래서 프랭클린은 보스턴에서 목격한 [전기 작용] 현상과 영국에서 알려준 바를 실험하여 이를 용이하게 숙련하고, 더 나아가 기이한 발명도 적지 않게 이뤄냈다. [프랭클린의 전기 실험과 발명을] 관람하고자 하는 자들이 사방에서 모여들었다.

이 실험을 친구들과 분담하기 위하여 유리관을 제조하여 보냈다. 그 중 키너슬리[205]는 총명한 인물로 당시 [시간적] 여유가 있어 흔연히 이에 종사하여 전기 실험을 행했다. [그가] 다른 사람들에게 [실험을] 보여줄 의사가 있기에 프랭클린이 [실험 과정에 대한] 설명서 두 편을 적어 그에게 보냈다. 그가 정밀한 기계를 매입하여 펜실베이니아 전역을 순회하며 사람들에게 실험을 공연하여 좋은 결과를 얻고 상당한 이득도 거두었다. [그러나] 서인도제도로 건너가서는 공기가 습하여 실험을 [제대로] 실행하지 못했다고 한다.

[한편 프랭클린은] 콜린슨이 보내준 시험관으로 실험에 성공했기 때문에 이를 콜린슨에게 편지를 보내 통지하였다. 콜린슨이 편지를 왕립학회[206]에서 낭독하여 회록(會錄)에 등재되었다. 또 프랭클린이 키너슬리를 위하여 저술한 전광(電光)에 관한 설명서를 학

204) 피터 콜린슨(피-다-고린손, Peter Collinson)
205) 키너슬리(긴놀스테, Kinersley)
206) 왕립학회(學事會院, Royal Society)

사회원 미첼[207]에게 부쳤는데 이는 비평가의 냉소를 받았다. 하지만 포더길 박사[208]는 이를 크게 칭찬하며 발간하기를 권했다. 그래서 콜린슨이 에드워드 케이브[209]에게 부탁하여 『젠틀맨스』[210]라는 잡지에 게재하였다. 케이브는 이를 소책자로 제작하여 포더길 박사의 서문을 붙여 출판하였다. 사서 보려는 자가 매우 많아 제5판까지 발간하였다.

프랭클린의 전기에 관한 새로운 발명은 한때 영국에서 배척을 당했지만, 프랑스의 유명한 과학자 뷔퐁 백작[211]이 달리바르[212]와 함께 [프랭클린의 논문을] 프랑스어로 번역하여 파리에서 출판하였다. 이 책에는 당시 관리 중에서 전기설로 유명한 물리학자 아베 놀레[213]를 논박하는 내용이 있었다. 그 사람은 [처음에] 이 책이 미국에서 온 것을 믿지 않고 오히려 자국의 반대파가 쓴 것으로 생각하였다. 후에 필라델피아의 프랭클린이라고 하는 사람이 발명한 것임을 알고 자신의 학설을 변호하고 프랭클린의 실험과 설명을 비판하[는 책을 썼]다.

프랭클린이 처음에는 이를 반박하고자 했지만 원래 프랭클린의 학설은 경험을 통하여 기록한 것이었다. [즉] 이러한 방법을 행하

---

207) 미첼(밋치엘, Dr. Mitchell)
208) 포더길 박사(후살질, John Fothergillj, 1712~1780)
209) 에드워드 케이브(게부, Edward Cave, 1691~1754)
210) 『젠틀맨스』(셴쓰루만스, *Gentleman's Magazine*)
211) 뷔퐁 백작(곤도데바후, Comte de Buffon, 1707~1788)
212) 달리바르(엠데유불구, Thomas-François Dalibard, 1709~1788)
213) 아베 놀레(아베노레, Abbe Nollet, 1700~1777)

면 이러저러한 현상을 일으킨다는 것을 설명한 것이기에 미리 실험을 하지 않고는 결코 반대하지 못할 것이었다.[214] 또 그의 주장은 하나의 학설이요, 확실한 정설은 아니니 반박할 필요가 없었다. 또 설령 놀레와 필전(筆戰)을 벌여도 언어가 같지 않아 진정한 뜻을 통하기 어려울 것이다. 프랭클린은 이처럼 무익한 일에 힘쓰는 것보다는 오히려 진기한 일을 연구하는 것이 낫겠다고 생각하여 [놀레의 논박에] 괘념치 않았다. [그러나] 프랭클린의 학설은 이탈리아어, 독일어, 라틴어 등 여러 언어로 번역되었고, 아베 놀레의 학설보다 우월하여 유럽 대륙 과학자들의 갈채를 받았다.

프랭클린의 책이 갑자기 세상에서 칭송받게 된 것은 마흘리[215]에서 달리바르와 드 로르[216] 등이 책에 적힌 방법을 사용하여 구름으로부터 전광을 가져오는 실험을 하여 효과를 얻었기 때문이다. 드 로르는 과학 기구들을 구비하여 빈번히 전기학을 강의했는데, "필라델피아 실험"이라는 것을 왕실에서 시연한 후 다시 시중에서 흥행시켜 관람객이 구름처럼 몰려들었다. 이 실험의 발명은 종이 연을 이용해 구름에서 전기를 끌어내는 것이었는데, 전기역사상 특필할 일이다.

영국 의사로 당시 파리에 체재하던 라이트[217]라는 사람이 프랭

---

214) 이러한······못할 것이었다: 이 문장은 오역이기에 의미가 불명료하다. 영어 원문에 따르면 프랭클린의 논문은 누구라고 똑같이 반복하면 같은 결과를 얻을 수 있는 실험 방식을 기술한 것이기에, 만약 같은 방법으로 실험했는데도 같은 결과를 얻지 못하면 방어할 수 없다는 의미이다.
215) 마흘리(마레, Marly)
216) 드 로르(데롤, M. de Lor)

클린의 책을 본국 왕립학회에 송달하였다. 이 책이 처음에는 냉소를 받다가 마침내 주의를 끌었다. 명성이 높은 왓슨 박사[218]가 프랭클린이 쓴 글을 개괄하여 회보에 게재하였다. 프랭클린을 초대하여 그곳[영국]에 건너갔더니,[219] 학자 중 거장이라고 일컫는 캔턴[220]이 프랭클린의 주장을 따라 뾰족한 막대기로 구름으로부터 전광을 채취하여 좋은 결과를 얻었다. 그래서 예전에 받았던 냉소를 씻고 왕립학회에 참가하게 되었다. 매년 25기니(1기니는 우리 돈 5원)의 회비를 면제받고 회보는 무료로 보내주었다. 1753년에 프랭클린에게 금메달을 수여하며 성대한 연회를 개최했다. 회장 맥클스필드 백작[221]은 웅장한 연설로 크나큰 영예를 프랭클린에게 주었다.

217) 라이트(라이트, Wright)

218) 왓슨 박사(와돈손, Watson)

219) 프랭클린을……긴니갔더니: 영이 원문에는 없는 구절이다. 원문에서는 프랭클린이 전기 실험 관련 글들을 왕립협회에 보냈다는 내용만 나온다.

220) 캔턴(간돈, Canton)

221) 맥클스필드 백작(노도맛구레스스루트, Earl of Macclesfield)

제10장

　펜실베이니아에 새로운 총독 데니 씨가 부임했을 때 영국 왕립 학회로부터 금메달을 가져와서 시민들이 환영하는 자리에서 정중한 언사로 프랭클린에게 전해주었다. 또 프랭클린을 별실로 초대하여 말했다.

　"내가 영국에서 출발할 때 친구들에게 프랭클린과 사귀어 통치에 도움을 받으라는 권고를 받았소. 앞으로 흉금을 터놓고 무슨 일을 막론하고 좋은 방책이 있으면 알려주시오. 칙허영주들도 본래 나쁜 마음을 품고 있는 자들이 아니오. [칙허영주와 식민지 주의회] 양자 사이의 고집스러운 심사를 화해시키는 것은 그대[222]에게도 [식민지] 주민에게도 이익이 될 터인데, 그 해결은 당신의 수단에 있소."

　프랭클린이 답하였다.

　"우리들의 목적은 오로지 주민을 위한 것입니다. 각하께서 주민에게 도움이 되는 사업을 경영하시면 동의하지 않을 자가 없을 것입니다. 예전부터 분란이 끊이지 않았던 것은 총독이 의회에 제시한 의안이 다만 칙허영주의 이익만 챙기고 주민의 어려움을 돌아보지 않았던 까닭입니다. 저는 각하의 은총에 감사드리며, 지금부터

222) 그대: 국한문은 1인칭인 '余'로 되어 있으나 오역이다.

각하의 집정을 돕고자 합니다. 각하께서는 예전의 총독들과 같이 상서롭지 못한 갈등을 일으키시지 않기를 간절히 바라옵니다."

이후 총독이 집무할 때 역시 주 의회와 논쟁이 일어났다. 그래서 프랭클린은 반대 입장에 서서 강경하게 반론하였으나 개인적 교제에는 추호도 거리낌이 없었다. 총독은 문학에 조예가 있고 또 여러 나라를 돌아다닌 사람이었기에 그와의 담화는 참으로 가치가 있었다.

주 의회에서 칙허영주들이 부당한 훈령을 발표하여 의원들을 억제할 뿐 아니라 인민의 권리와 국왕을 방해하고자 하는 뜻이 발각되었다. 이를 국왕에게 호소하기로 결의하고, 프랭클린을 그 위원으로 뽑아 영국으로 건너가게 했다. 프랭클린은 모리스 선장[223)]과 함께 뉴욕에서 출발하는 우편선을 타고 가려고 짐을 [먼저 뉴욕에 보내] 배에 실었다. 그때 라우든 경[224)]이 필라델피아에 도착하여 총독과 주 의회 사이의 화해를 도모하였다. 주 의회에서는 이미 왕실을 위하여 60만 파운드[225)]를 지출할 것을 총독에게 청구하였다.

총독이 [칙허영주들의 입장에 따라] 이를 거절하니, 라우든 경이 말했다.

"양자가 서로 다투어 국왕에 대한 의무를 태만하게 하면 안 된다."

[라우든 경은 프랭클린과 총독에게 요청하여] 양방의 이유를 듣

---

223) 모리스 선장(기야피덴모리, Captain Morris)
224) 라우든 경(라우단公, John Campbell, 4th Earl of Loudoun, 1705~1782)
225) 60만 파운드: 영어 원문에서는 6만 파운드다.

고자 하였다.[226] 프랭클린은 즉시 [의회 입장의] 사유를 설명하고 신문과 주 의회 의사록에도 상세히 기록하였다. 총독도 또한 [자신의 입장을] 변호하고, 칙허영주의 명령에 복종하지 않으면 자신의 [총독] 지위가 위태롭게 된다고 주장했다. 그러면서도 라우든 공[이 칙허영주의 명령에 따르지 말라고 강하게 권고한다면 총독을] 사직할 뜻도 있음을 내비쳤다. [그러나] 라우든 공은 [총독에게 그런] 권유의 말도 없이 오로지 주 의회에게만 [총독과] 화해하기를 원했다. 또 필라델피아주를 지키려면 왕실 병력을 빌릴 수밖에 없는데 만약 [주 의회가 총독과] 서로 경쟁하다가 이를 방기하면 필라델피아를 적에게 뺏기게 될 것이라며 [프랭클린을] 강력하게 설득하였다. 프랭클린은 이런 전말을 주 의회에 통지하여 잠시 [의회 주장의] 실행을 중지하자고 말하고, 총독에게 요구했던 일을 취소한 후 즉시 [영국으로] 출발했다.

프랭클린이 배에 올라 출항하고자 하였다. 선장은 자신의 배가 매우 빠르다고 자주 자랑했는데 정작 닻줄을 올리고 나서는 배가 질주하지 못하였다. 선장이 명령을 내려 사람들을 선미(船尾)에 모이게 하니 속력이 갑자기 빨라져 날아가는 것과 같았다. 이는 배의 앞뒤의 균형을 맞춘 결과였다. 선장의 말과 같이 항해는 매우 신속했다.

프랭클린이 이러한 사실을 기록하여 그 뒤로 조선(造船)에 대하

226) 라우든 경은……듣고자 하였다: 국한문본에서 이 단락 전체는 원문 내용이 부분부분 생략되어 맥락을 이해하기 어렵기에 [ ]에 내용을 보충하여 번역하였다.

여 연구했다. 조선술은 실험이 없이는 그 잘되고 못된 것을 알기 어렵다. 또 아무리 새롭게 만든 배라 하더라도 모두가 뛰어난 것은 아니다. 프랭클린은 이때 선원들에게 배 안의 장치와 화물에 대한 의견을 상세히 물었다. 모든 배가 각기 다르고 또 선장의 지휘도 제각각이었다.

세상에는 본래 스스로 배를 만들어 자기가 사용하며 자기가 선장이 되는 경우가 매우 드물어서 한 배의 전체 일을 자세히 아는 자가 없었다. 돛을 조작하는 방법도 의견이 중구난방이었다. 바람의 세기와 방향에 따라 갑은 돛을 높게 하고 을은 낮게 걸어 일정한 규칙이 없었다. [그래서] 프랭클린은 경험을 통해 각 항목을 일정하게 맞출 수 있도록 연구할 의향을 품었다. 첫째는 빠르게 항해하기 위한 선체의 균형이고, 둘째는 돛대의 크기와 위치, 셋째는 돛의 형태와 무게 및 풍향, 넷째는 화물을 적재하는 올바른 배치법을 경험하여 정밀한 규율을 정하면 그 효과가 매우 클 것이라 여겼다.

프랭클린의 배는 때때로 위험한 경우를 만났지만, 다행히 무사히 항해하여 30일 후 팰머스[227] 항 부근에 도착하였다. 이곳에서 선원의 부주의로 인해 등대에 충돌할 뻔하다가 다행히 피했다. 이 일로 프랭클린은 등대의 효력을 실감하고 이후 미국 해안에 등대 설치를 장려했다.

다음 날 아침 수심을 측량하여 항구가 가까움을 알게 되었다. 안개가 심해 아무것도 보지 못하나가 9시정에 이르러 하늘이 개는

---

227) 팰머스(후아루모스, Falmouth)

것이 마치 연극장의 장막을 걷는 것 같았다. 팰머스 시내가 눈 앞에 펼쳐지니 선박들이 항구에 가득 차 있었다. 들판의 푸르른 기색과 파도의 망망한 상태가 마음을 탁 트이게 하였다. 여기서 12일간 체류한 후에 아들을 데리고 즉시 런던에 도착했다. 이때는 1757년 7월 27일이었다.

프랭클린 전 끝

메이지 44년(1911) 6월 17일 인쇄
메이지 44년 6월 20일 발행

정가　　금 25전

저작자　　이시후(李始厚)
　　　　　　경성 서부 여경방(餘慶坊) 상원동(上園洞) 57통 6호
발행자　　김용준(金容俊)
　　　　　　경성 북부 소안동(小安洞) 16통 8호
인쇄자　　최성우(崔誠愚)
　　　　　　경성 남부 상리동(上犁洞) 32통 4호
인쇄소　　신문관(新文舘) 인출국(印出局)
　　　　　　경성 남부 상리동 32통 4호
발행소　　보급서관(普及書舘)
　　　　　　경성 북부 소안동 16통 8호

실업소설 부란극림전
: 수양과 효도로 성공한 프랭클린 입지전

이용범

1.

프랭클린 플래너는 한 번도 사 놓고 제대로 써본 적이 없다. 꼭 새해가 아니라고 해도 뭔가 열심히 살겠다는 결심과 함께 사기 마련인데, 으레 뭔가 복잡한 사용 방법을 찾아보다가 그만두게 된다. 비슷비슷한 다이어리들 중에서 벤자민 프랭클린의 이름을 단 상품들이 스테디셀러이자 베스트셀러라는 것은, 프랭클린이 표상하는 어떤 덕목 또는 이미지가 여전히 인기라는 것을 보여준다.

인기의 비결은 한정된 자원, 그중에서도 특히 시간을 효율적으로 분배하고 활용하는 자기관리에 있다. 프랭클린은 낮은 신분 출신이지만 지기관리로 대변되는 특유의 성실함, 부단한 공부와 새로운 발상으로 상업과 학문, 그리고 정계에서 커다란 성공을 이룬 인물로 여겨진다.

그러한 이미지는 이 번역서의 저본이기도 한 그의 자서전에서 스스로 구축한 것이기도 하다. 프랭클린이 이상적으로 그려낸 자신의 이미지는 세계 각지에서 환영받았다. 프랭클린의 이야기는 국경을 넘는 과정에서 어떤 내용이 덧붙여지거나 혹은 삭제되었는데, 그 과정에는 번역자의 의도가 크게 작용했다. 『실업소설 부란극림전(富蘭克林傳)』에도 번역자의 의도가 적지 않게 작용했다.

2.

『실업소설 부란극림전』의 번역자 이시후(李始厚)는 소설가 이효석(李孝石, 1907~1942)의 아버지이다. 한성사범학교 출신으로 교육계 사관(仕官)으로 봉직했으며, 평창에서 면장을 지냈다는 정도가 알려져 있다.

몇 가지 공문서들을 통해 그의 이력을 보충해 보자. 이시후는 1904년 7월 19일자 「대한제국 관보」에 한성사범학교 우등생으로 게재된다. 이듬해에는 조선시대의 과거제를 대체하는, 대한제국의 문관 시험 문관전고(文官銓考)에 합격한다. 문관전고의 응시연령 제한은 20세 이상이다. 그러므로 1884년 이전에 출생한 것을 알 수 있다. 11월에는 한성사범학교 제7회 졸업생 명부에서 이름이 확인된다. 이때는 우등생 명단에 포함되지는 않았다. 문관 시험 준비를 하느라 학교 공부에는 소홀했던 듯하다.

졸업 후 12월 강원도의 회양군(淮陽郡) 공립소학교 교원으로 임명된다. 그런데 부임하기도 전인 이듬해 1월 사직한다. 사직한

1906년부터 1918년까지의 행적은 묘연하다. 1919년부터 1923년까지는 봉평면장을 지낸다. 「메밀꽃 필 무렵」의 배경인 그 봉평이다. 1924년, 25년에는 인근의 진부면장으로 기록되어 있다. 1921~27년간 각종 금융조합에도 이름이 올라가 있다.

이시후는 조선 후기 태어났고, 한성사범학교에서 근대식 교육을 받았다. 대한제국의 문관시험에 합격했으나 관직을 제수받지는 못했다. 교원으로 임명되었지만 스스로 그만두었다. 이후 면장을 지내고 금융조합에 관여했다는 것에서 지역사회에서 적지 않은 영향력과 자금력을 확보했다는 것을 미루어 알 수 있다. 요컨대, 강원도 평창의 '지역 엘리트'였던 것이다.

이시후가 번역을 위해 참조한 대본은 일본어판이었다. 모치즈키 고자부로(望月興三郎)가 번역한 『벤자민 프랭클린 자서전(ベンジャミン·フランクリン自叙伝)』(上田濟生堂, 1889)에 기반하고 있다.[1] 번역 자체는 매끄럽고 큰 무리가 없다. 그의 한성사범학교 재학기 일본어는 과목에 포함되지 않았지만 1910년을 전후한 시점에는 괜찮은 수준의 일본어 능력을 갖추었음을 알 수 있다.

3.

『실업소설 부람극림전』이 출간된 시점은 1911년 6월이다. 대한

---

[1] 강현조, 「근대초기 서양 위인 전기물의 번역 및 출판 양상의 일고찰: '실업소설 부란극림전'과 '강철대왕전'을 중심으로」, 『사이(SAI)』 9, 국제한국문학문화학회, 2010, 268면.

제국이 일본의 식민지가 된 이후이다. 예전에는 애국계몽기라고 부르던 시기를 갓 지난 무렵이다. 소위 애국계몽기에는 쇠퇴한 국운(國運)을 되살리자는 목표를 지닌 다양한 영웅 전기물들이 간행되었다. 분열된 이탈리아를 통일한 세 영웅의 이야기를 다룬 『이태리 건국 삼걸전』, 미국 건국의 아버지 조지 워싱턴을 다룬 『화성돈전』 같은 것들이었다.

프랭클린의 이야기는 초점이 다르다. 특히 그가 미국 건국에 중요한 역할을 행한 것과 관련된 부분은 희미하다. 애초에 자서전이 목적했던 바가 입지전(立志傳), 곧 성공기로서의 성격이 강했던 것이 첫 번째 이유이다. '실업소설'이라는 표제도 다른 영웅전기물이 갖는 정치적 성격과는 다른 부분을 부각시킨다. 두 번째 이유는 시대적 상황과 어느 정도는 그것에 순응하는 번역자의 입장이 반영된 것이다. 정치적 대변혁은 이미 일어났고, 한 명의 개인이 커다란 변화를 일으키는 이야기들은 시효를 잃게 되었다. 자신이 새로운 국가, 새로운 체계를 구축하는 것이 아니라, 이미 구성된 체제를 잘 파악하고 그 내부에서 슬기롭게 성장해 나가는 것이 더 중요한 시대가 된 것이다.

그런데 '실업소설' '부람극린전'에서 상업적 성공의 비결은 매우 단순하게 제시된다. 근면성실과 절약이 그것이다. 물론 비법을 읽어 내는 것은 독자의 몫이다. 누군가는 프랭클린이 주 의회 의원들과 인맥을 쌓은 것이 결정적인 요인이었다고 지목할 것이다. 혹은 국가와 사회 시스템이 만들어지고 있었던 시대적 상황과 빈틈을 명민하게 포착하는 감각과 과감한 행동력을 이야기할 수도 있겠다.

그런 프랭클린의 이야기가 1911년, 한반도에 전해질 때 또 다른 교훈이 추가된다. 그것은 '효도'이다. 프랭클린은 사실 미성년자의 나이로 형과 싸우고 '가출'하여 사회생활을 시작했다. 분명 효자라고 말할 수는 없다. 그런데 번역자 이시후는 중요한 결정을 내려야 할 때 부모님의 말씀에 순종하고, 고향을 찾아갔을 때 정성스레 조상의 묘소를 찾아뵙는 장면을 삽입한다. 아주 간략하게 요약하면 효성스럽게 행동했기 때문에 좋은 일이 생긴다.

효성스러운 프랭클린이 설정하고 실천한, 자기관리를 위한 13가지 덕목은 이런 분위기 속에서 일종의 도덕적 '수양'으로 이해될 여지가 생긴다. 플래너로 대표되는 자기관리는 자본주의 시스템 안에서 개인이 시간이라는 한정된 자원을 최대한 효율적으로 활용하는 방법론의 하나로 이해된다. 하지만 이시후에 의해 13가지 덕목은 자기 절제, 곧 도덕적 수양과 긴밀하게 연결된 부분이 더욱 강조된다.

4.

프랭클린 자서전에는 이 책이 번역된 당시에도, 그리고 지금도 한국인이 이해하기 어려운 부분이 있다. 본문에 칙허영주(Proprietors)로 번역된 존재가 그것이다. 프랭클린이 활동하던 시점은 미국이 영국으로부터 독립하기 이전이다. 북아메리카 지역을 식민시로 삼는 일은, 동쪽 해안으로부터 기존의 아메리칸 인디언들을 밀어내며 새로이 거주지들을 만들어나가는 것이었다. '메이플라워호'를 타고 건너가 낭만적인 개척사를 써나간 이들 외에도, 주주를 모집하여 주식회사를 구성하고 회사에 의한 개발도 이루어졌다. 정부의 지분이 크긴 하지만, 네덜란드와 영국의 동인도회사(East India Company), 일본의 동양척식주식회사(東洋拓殖株式會社) 등의 사례를 생각해 볼 수 있겠다. 그러한 주주들이 영국왕실에 의해 지역에 대한 권리를 인정받은 것이 '칙허영주'였다.

그렇게 북아메리카 지역에는 영국왕실로부터 직접 임명받은 총독(주로 총독으로 번역하였다), 아메리카 거주자들이 구성한 주 의회, 지역의 이권을 인정받는 칙허영주, 그리고 아메리칸 인디언과 스페인, 프랑스 등의 여러 세력들이 도사리고 있었다. 주 의회, 총독, 칙허영주 간의 갈등은 주로 정치적 측면에서 이루어지고, 그 외의 세력과의 갈등은 주로 군사적 측면에서 발생하고 있었다. 예를 들어 등장하는 지명 중 두케인 요새(Fort Duquesne)는 본래 프랑스에 의해 세워진 것이었다.

칙허영주의 존재는 중앙집권적인 정치체제에 익숙한 이들이 이해하기 어렵다. 국가주권이 정부(또는 왕권)나 인민(인민의 대표로서 의회)이 아닌 자본 - 왕이 허락한 '칙허(勅許)'의 형태일지라 하더라도 - 에게도 할당된 형태이기 때문이다. 번역자 이시후는 이를 대개 지주나 토지소유주로 번역하였다. 그가 회사(company)로 번역한 부분도 있는데, 여기서는 용이한 이해를 위해 식민회사로 표기하였다. 이런 이해의 어려움은 일본어판도 사정은 비슷하다. 동아시아의 정치체제와 그것을 표현하는 언어가, 유럽에서도 특히 의회정치와 귀족의 권한이 강했던 영국의 사례를 반영하기 어렵기 때문이다.

5.

　번역을 하는 데 있어, 최대한 평이하게 오늘날의 독자들이 이해할 수 있는 용어를 사용하고자 했다. 일부 설명이 필요한 부분들은 주석을 달았고, 번역자 이시후에 의해 원전의 뜻이 충분히 전달되지 못한 부분도 역자주로 설명하였다. 이런 전제하에 옛 단어 중 살릴 수 있는 것들은 최대한 남겨 두고자 했다. 내용을 어느 정도 이해하는 가운데, 100년 전의 텍스트를 읽는 맛을 살리기 위함이다.

　이 책은 프랭클린이 스스로 작성한 인생 역정이, 일본을 거쳐 한반도로 들어와 3인칭 시점의 '이야기'로 변화된 것이다. '이야기' 속에는 18세기 말부터 20세기 초의 시간 격차, 미국·영국과 일본, 그리고 한반도의 공간적 전이가 고스란히 담겨있다. 이 해제는 텍스트를 읽기 위한 최소한의 배경지식의 역할에 만족하고자 한다. 독자께서도 장대한 시·공간적 편폭과 그 내부에 촘촘히 끼어든 여러 존재를 발견하는 즐거움을 느끼실 수 있기를 바란다.

2024년 12월 31일

영인자료

冨蘭克林傳

여기서부터는 영인본을 인쇄한 부분으로 맨 뒷 페이지부터 보십시오.

簡易八種簿記

日本大學卒業生 郭漢倬氏著

第壹編商業 定價金五十錢

此簿記는簡易하고明瞭하야一般學者와紳商의案頭에不得不備置할바오尤著者郭漢倬氏는我國商界의振興을助코자하야此를多歲月을費하고著出흔바오니 僉君子는購覽하심을切盼

世界奇譚 定價金十五錢

小說大學鮮于日氏著

漢城北部小安洞十六統八戸

普及書館金容俊白

(電話一九〇六番)

明治四十四年六月十七日印刷
明治四十四年六月二十日發行

定價金二十五錢

著作者　京城西部餘慶坊上園洞五十七統六戶　李始厚

發行者　京城北部小安洞十六統八戶　金容俊

印刷者　京城南部上犂洞三十二統四戶　崔誠愚

印刷所　京城南部上犂洞三十二統四戶　新文館印出局

發行所　京城北部小安洞十六統八戶　普及書館

富蘭克林傳

元齋　李始厚　編
圓石　李喆柱　校

第一章

大凡人이幼時로貧賤에陷호야嚴師의敎를不待호고百科의學問을成就호며慈父의命을不俟호고萬里의山河를遊歷호야人의不堪할苦況을經호고人의不能할事業을剏호야巨大호富를致호며安樂호幸福을享호者ㅣ伊誰오束西史面에絶無僅有호者는富蘭克林이其人이려라

嗚呼라富蘭克林은父親時代에自由로信敎호기爲호야英國으로브러移住호니父의諱는죠슈아라잉글린드에娶妻호야七子를生호고後에有名호學士某의女를娶호야男女十八을生호민擧皆長成호야各히一家를占居호니氏는此兄弟中의一人이라一七六年一月十七

日에쌔스돈府에서生ᄒ얏더라

氏의父는身體가甚히强健ᄒ고技能이凡人에過ᄒ며且事務를善히

處辦ᄒ나然ᄒ나眷族의夥多ᄒ을因ᄒ야日夜로家業에汨沒ᄒ故로自然히

公務에參與ᄒ事는無ᄒ되判決과忠告ᄒ는手段이有ᄒ으로自然히

人의게敬重ᄒ바ㅣ되야時時로公私의要談과仲裁等의依托을受ᄒ

事가有ᄒ니라友人과會食ᄒ을好ᄒ야此時에도種種有益ᄒ事件을

談論ᄒ야侍坐ᄒ人의心智를啓開ᄒ니氏도此를因ᄒ야飮食을對ᄒ

時에卓子上食物에는心이不在ᄒ故로畢竟은食物의美惡도

不論ᄒ는習慣이되야食物後數時間만經過ᄒ면何物을食ᄒ얏던지

思치못ᄒ며旅行ᄒ時에도同行ᄒ는人은食物의美惡을評論ᄒ야頻

頻히圉語를吐ᄒ되氏는不足ᄒ感心이毫無ᄒ故로至極히便利ᄒ을

得ᄒ더라、

氏의母눈父親을輔相ᄒ야艱苦를備嘗ᄒ며多數의子女를能히敎育

ᄒ얏스니決코柔劣ᄒ婦人에눈比ᄒ빈안이러라

如此히 兩親이 壯健ᄒ야 其永眠ᄒ실 時를 除훈外에는 疾病에 罹훈 事가 無ᄒ니 父는 八十九歲오 母는 八十五歲의 長壽를 享ᄒ니라 氏의 諸兄은 并히 職工의 業에 從事ᄒ미 其父가 氏를 兄弟中代理人으로 敎會에 出入케ᄒᆯ 意思가 有ᄒ야 八歲로부터 小學校에 入케ᄒ니 氏의 天性이 讀書를 好ᄒᆷ으로 氏가 最初入學ᄒᆯ時에 某級中間의 席을 占ᄒ얏더니 不久에 首席을 占ᄒ고 其次에 高級에 卽進ᄒ야 同年末에 至ᄒ야는 第三席에 至ᄒ얏더라 然ᄒ나 其父가 蕭然훈 家計로 氏를 大學校에 入케ᄒᆯ 資力도 無ᄒ고 又는 其時에 大學校에 卒業훈 人을 需用ᄒᆷ이甚少ᄒᆷ으로 退校ᄒᆷ에 至ᄒ얏더니 其後에 幸히 有名훈지오지,부라온氏의 學校에 入ᄒᆷ을 得ᄒ니 此人은 當時에 聲名이 顯聞훈 敎育學者ㅣ라氏가 此校에 在ᄒ야 寫法의 一技를 能通ᄒ얏시나 筆筭의 術은 嫺熟치못ᄒ엿더라

十歲時에 在ᄒ야 父의 職業ᄒ는 바蠟燭과 밋石鹼等의 製造ᄒ는 力을 助ᄒ나 氏는 元來 此職業을 樂지아니ᄒ고 專혀 航海者되기를 願ᄒ되

父母는此를認許치아니ᄒᆞ나오작家가水濱에在ᄒᆞᆷ으로써自然히游
泳의術과運船의法에鍊熟ᄒᆞ야他兒輩와同船ᄒᆞᆫ時에ᄂᆞᆫ氏가其柁를
執ᄒᆞᄂᆞᆫ故로或危險ᄒᆞᆫ境을當ᄒᆞ야도幷히氏力을多賴ᄒᆞ더라
大抵何事를勿論ᄒᆞ고氏가恒常先導가되야同友에게苦難을貽ᄒᆞᆫ事
가不少ᄒᆞ오니今에其一例를擧ᄒᆞ건ᄃᆡ其地에水輪車의水溜處가有
ᄒᆞ니其一邊通路ᄂᆞᆫ卽釣魚場이라人踵이恒常不絕ᄒᆞᄂᆞᆫ故로泥濘을
成ᄒᆞ야游行에不便ᄒᆞᆫ事가甚多ᄒᆞᆫ지라此處에埠頭를築ᄒᆞ야防固케
ᄒᆞᆯ意想으로朋友를招集ᄒᆞ야該附近에有ᄒᆞᆫ他人의家屋建築ᄒᆞᆯ石材
를運搬ᄒᆞ야一夜間에堅固ᄒᆞᆫ小埠頭를築ᄒᆞ얏더니翌朝에職工等이
石材를四方으로搜索ᄒᆞ다가畢竟査得ᄒᆞ야氏의所爲인줄知ᄒᆞ고氏
의父兄을詰責ᄒᆞ야更히運與ᄒᆞ니其實은正當ᄒᆞᆫ手段을因
치아니ᄒᆞᆫ故로結果가無效에歸ᄒᆞ얏시나氏의經營은功績이顯ᄒᆞ얏
도다
氏가幼時부터讀書ᄒᆞ기를好ᄒᆞ야書籍을多數히購覽ᄒᆞ되最히閱讀

혼者는 부루다구의 豪傑傳이라 其時費用ᄒ야 光陰이 後日에 至ᄒ야 有

益이 不少ᄒ나 就中에 혼오ㅣ의 企業論과 마ㅣ사ㅣ의 爲善說 等은 氏

의 思想을 一變ᄒ야 生活界에 頗히 勢力을 及케 혼者ㅣ 多有ᄒ더라

一七一七年에 其兄 졔임스가 英國으로부터 歸ᄒ야 印刷業 經營ᄒ기

를 言ᄒ니 氏가 此를 父親의 所業보다 勝혼 줄노 思量ᄒ나 旣往 航海者

되고자 ᄒ던 願이 念頭에 尙在ᄒ야 服從처아니혼되 父가 氏의 此願을

斷拒기爲ᄒ야 兄에게 托ᄒ야 弟子가 되니 時年이 十二歲라 兄에게 請

ᄒ야 當年으로부터 二十一歲까지 兄前에셔 業을 習ᄒ야 滿期 一年前

에 一個職工의 雇錢을 始受ᄒ기로 約定ᄒ얏더ㅣ니 不幾에 此職業에 習

熟ᄒ니라

此時로부터 書舖와 相親ᄒ야 每夕에 書籍을 借來ᄒ야 終夜讀閱ᄒ고

翌朝에 還送ᄒ며 且一紳商이 有ᄒ야 時日로 其活板所에 來往ᄒ는데

該家書庫에 百家書를 秘藏ᄒ얏는지라 常히 氏에게 閱覽ᄒ기를 懇勸

ᄒ야 多數히 借給ᄒ니 氏가 本是 詩學을 耽ᄒ는 性이 有혼지라 讀閱혼 暇

8

에或短篇을作ᄒ야兄에게示ᄒ니兄이讚異ᄒ기를不已ᄒ고更히時
事에關ᄒ歌曲等을命述ᄒ거늘氏가二編을撰ᄒ니一은燈臺悲劇이
라가비렌、오ー오루세레ー기가其娠二人과同히難船을逢着ᄒ事蹟
을述ᄒ얏고一은有名ᄒ데ー네海賊의事蹟을述ᄒ얏는지라此를印
刷ᄒ야自己가路上에行賣ᄒ니此는皆近來珍事를記ᄒ者인故로一
時購覧ᄒ는者가多ᄒ야世人의好評을得ᄒ니是後로氏가名譽心
이自發ᄒ야身을風流上에寄ᄒ고紙筆로友를作ᄒ되父가此를拒責
ᄒ야曰自古로能히詩를作ᄒ는者는乞丐의人이되ᄂ니今汝는詩人
을幸免ᄒ지어다文學이立身의利器ᄂ니비록卑賤ᄒ地位에在ᄒ야도
此를習諫ᄒ라ᄒ더라

同市中에죤고린스라稱ᄒ는人이有ᄒ야讀書ᄒ기를甚好ᄒ는지라
氏가繼日從游ᄒ야姓이異ᄒ兄弟를便作ᄒ얏더니偶然히談話上論
議의不和를因ᄒ야水火不相容ᄒ는仇讐가되니其原因은女子敎育
의可否와女子學才의如何에關ᄒ야一場爭論이起ᄒ민고린스가頻

히雄辯으로氏를壓倒코즈ᄒᆞᄂᆞᆫ氏가엇지非理에屈ᄒᆞ리오自後로相
對치아니ᄒᆞ고但紙軍筆陣으로互相贈答ᄒᆞ더니一日은父가氏의机
上에在ᄒᆞ論文을取ᄒᆞ야一次覽閱ᄒᆞ后에氏다려謂ᄒᆞ되汝의文章이
大欠處ᄂᆞᆫ無ᄒᆞ나辭意가人을對敵ᄒᆞᄂᆞᆫ格例에違反ᄒᆞ엿다ᄒᆞ며一一
히其欠點을摘發ᄒᆞ거늘氏가一層激勵ᄒᆞ야自後로文體를改良ᄒᆞ얏
스며目有名혼스페구데돌古冊(英國雜誌名)을買入ᄒᆞ야此를熟讀ᄒᆞ
니其文字의巧妙홈이人으로欽美케ᄒᆞᄂᆞᆫ지라其中에二三文字를撰
ᄒᆞ야大意를錄出ᄒᆞ얏다가數日後에此를原本과如혼文體로述ᄒᆞ야
原文과對照ᄒᆞ야其拙劣혼句語ᄂᆞᆫ改正ᄒᆞ얏스며又氏ᄂᆞᆫ諸般言語에
拙鈍ᄒᆞ며且活用ᄒᆞᄂᆞᆫ道를不知ᄒᆞᄂᆞᆫ지라스페구데ー돌中奇談을詩
句로改述ᄒᆞ얏다가其本文을忘却홀際에ᄂᆞᆫ此로써更譯ᄒᆞ야思想의
整頓ᄒᆞᄂᆞᆫ方法과言語의活用ᄒᆞᄂᆞᆫ道를鍊磨ᄒᆞ야漸次進步홈에至혼
지라氏가自揣ᄒᆞ되如此히進進不已ᄒᆞ면他日에文章大家를成키不
難홀지라前途를想像ᄒᆞ고喜悅혼心으로自負ᄒᆞ야課業의時間은每

朝夕及日曜로定호고其餘에는印刷業에從事호니是로由호야祈禱

會에도出席을全缺호지라

十六歲에至호야는쓰라이온의書를讀호다가其踈食을勸호說을從

호기로決心호時其兄껨쓰는獨居로他人家에寓居호고氏도其子弟

等과同留宿홀시氏가肉食을不嗜호야種種不便의事가有호故로兄

의呵責을受호나此를因호야宿泊料는半額에不過호는지라一層儉

約호야工場一隅에移居호고親히炊飯호며兄의게所受호金에셔費

餘호은貯蓄호야良好호書籍을貿置호얏다가兄에就食호時間

에는速히飮食을畢호고其兄이歸來호時까지孜孜히勉學홈을爲事

호니時에籌術은僅히幾何學初步를學호얏스되到底히研究치못호

얏스며又는롯구의意識論과레불도로ー알의考想術等을閲覧호며

目語學을習호야英文典을繙譯호야其卷末에英辭法과論理術의大

綱을添付호니此論理術은쏙구라데스의論法을畧記호者이러라其

後에쏙구라데스의遺事라題鐩호셰노혼의著書를得호야其旨義와

11

說論을極히贊成ᄒ고此後는積極論을廢止ᄒ야謙遜ᄒ議論家를自

成ᄒ얏시며又사후도베리ー及고린스等의書를見ᄒ고訝疑說을唱

ᄒ는者가되니此說은皆自家를守ᄒ에安全ᄒ고敵手를困腦케ᄒ는

妙法이라爾後로恒常此說을用ᄒ야名聲이有ᄒ知識家를論駁ᄒ事

가間有ᄒ얏시나不久에此法을廢棄ᄒ고但謙遜ᄒ는疑辭를用ᄒ는

習慣만存ᄒ니假令論駁을惹起기易ᄒ斷定論確實ᄒ다,無疑ᄒ다等

辭)의積極的等詞는不用ᄒ고消極的等詞를用ᄒ얏시니概擧ᄒ면(氏

는如斯히思量ᄒ이다,了解ᄒ깃다如左히는思치아니ᄒ다,氏는如左

히思量ᄒ다,氏의所見에所誤가無ᄒ니此는如斯히言ᄒ깃다等

詞이라大抵自己의思想을따ᄒ거나人을敎ᄒ는時에斷定語를用ᄒ

면彼의反對를起기易ᄒ나右消極的法을引用ᄒ는時는秋毫도此虞

慮가無ᄒ고反히奇功을奏ᄒ지니라

一七二一年時에兄·젬스가米國第二回新聞을發行ᄒ야「뇌우잉쑤란

드고ー렛도」라題名ᄒ얏고第一回에發刊ᄒ人은「보스돈,뉴ー스렛단

라題名ᄒ얏ᄂ지라或人이此「뉴잉ᅀᅡ란도、고ㅣ렛도」新聞을反對ᄒ야

日現今我國에ᄂ一個新聞이라도洽足ᄒ다ᄒ며不可意로主論ᄒ

되兄은此를不顧ᄒ고決心刊行ᄒ야氏로ᄒ야今新聞을配達케ᄒ니

當時에購覽ᄒᄂ者二十四五人에不過ᄒ더라

爾後繼續ᄒ야才識과文瀾이有ᄒ社友의寄書를多數히登載ᄒᄆ의報

價가日을逐ᄒ야騰高ᄒ고世人의讚聲이嘖嘖ᄒᄆ에至ᄒᄂ지라氏도匿名

論說等을著載코자ᄒ나但年少ᄒ所以로兄이不許ᄒ가恐ᄒ야匿名

著作ᄒ야夜間에窓隙으로投置ᄒ면翌朝에社員等이發見ᄒ고互相

讚揚ᄒ며誰某의所作인가探問ᄒ다가第一學才가有ᄒ人의名을指

稱ᄒ야曰某秀才의所作이라ᄒ며或은某學士의筆蹟이라ᄒ나氏ᄂ

傍觀ᄒ고心喜自賁ᄒᆯ뿐이며彼社員等은氏의如斯ᄒ著作才가有ᄒ

은念頭에도想像치못ᄒ바이러라是後로繼續寄書ᄒ얏더니畢竟此

事가發顯되얏시나其兄은氏의誠心을猜ᄒ야讚揚ᄒ事가少無ᄒ니

此ᄂ곳兄弟間에不利가起ᄒ一大原因이라其兄이氏를待遇ᄒ은兄

弟의愛를不用ᄒ고師弟의義로ᄡᅥᄒ나氏는兄에게對ᄒ야師弟의分

은不守ᄒ고兄弟의義를用ᄒᄂᆫ故로或兄에게苦楚를受ᄒ면自然히

怨聲이不無ᄒ고時時로鬩墻의言을父에게出訴ᄒ니是로由ᄒ야兄

의心을愈히拂戾ᄒ야或氏를蹴打ᄒᄂᆫ事가有ᄒ니라

一日은官憲이氏의新聞記載ᄒᆫ政論이州會를不敬ᄒᆫ說이有ᄒ다ᄒ

야其兄을拘拿ᄒ야一個月禁錮에處ᄒ고氏도同時被捉ᄒ얏더니訊

問ᄒᆫ後卽時放免ᄒᄂᆫ지라兄의事務를代辦ᄒ야新聞을刊行ᄒᆯᄉᆡ論

鋒의過激ᄒᆷ이或鴻罹의禍를招ᄒᆯ가ᄒ야同社友에憂慮를恒起ᄒ니

라

兄이蒙放ᄒᆫ後에某處로부터젬스푸틴코린의「뉘우잉쏙란도」고ᅳ렛

도ᄂᆫ發刊을禁止ᄒ라ᄂᆫ命令이有ᄒᆫ故로此後ᄂᆫ벤자민、푸링크린의

名으로ᄡᅥ刊行ᄒ니此時로부터氏의舊約이無效에歸ᄒ고更히新約

을締結코자ᄒ다가終也默約에付ᄒ고新聞을繼續發刊ᄒ야數個月

을經ᄒ니라

伊後로兄과不和ᄒ야何如ᄒ條約의憑據홈이無ᄒ고氏의自由를主

張ᄒ니兄이激怒ᄒ야氏를排斥ᄒ나兄은元來不良ᄒ性質은안이러

라

因ᄒ야兄과和解키不能홈을思ᄒ고相離ᄒ기로決心ᄒ얏더니兄이

此事를推知ᄒ고市中同業者에게巡行ᄒ야氏를雇傭홈이不可ᄒ意

로預約ᄒ얏고且氏가新聞一件을因ᄒ야禍害를未免ᄒ가恐ᄒ뿐不

是라氏의平生議論이信教者로셔異端이나或無神論者의名稱을不

免ᄒ가恐ᄒ야늬유요크府에移去코자ᄒ나父는氏가兄의側을離홈

이不可라ᄒ야氏의動靜을注視ᄒ는지라幸히고린스의周旋으로늬

유요크府에運船ᄒ는船長을隨ᄒ야秘密히乘船키를約定ᄒ고所有

書籍을賣ᄒ야若干錢을辦備ᄒ后늬유요크府에渡去ᄒ니一人의知

己도無ᄒ고一葉의紹介狀도無ᄒ며且旅費가窘乏ᄒ야身은繁華ᄒ

都府에住ᄒ나心思늬蕭然ᄒ境에在ᄒ니時늬一七二五年十月이오

氏의年은十有七이러라

第二章

是歲에는航海者되는願도無ᄒ고다만一個職工됨을自信ᄒ야벤실

위나州에셔늬유요크에轉居ᄒ는人의印刷所에雇傭되기를請ᄒ딕

伊時事業이零星흠으로職工雇傭흠必要가無ᄒ고其子가ᄒ야델후

하에在ᄒ야前日에職工을求ᄒ얏시니此處로往ᄒ라ᄒ나該距離가

百有餘哩라涉遠의艱險흠을思ᄒ고踏躇ᄒ다가他方策이無흠으로

得已치못ᄒ야行李를運送店에先付ᄒ고卽時암보이로向ᄒ야出帆

ᄒ야후야델후하에到達ᄒ니此時衣服은運送店에付ᄒ行李中에入

置ᄒ야아자到着치아니흠이船中에셔着ᄒ던一件汚衣를身에纏ᄒ

고手袋에는內衣와外襪이在ᄒ고錢囊에는一弗(我二圜)一志(我五十

錢)가餘ᄒ얏느지라其一志錢을船價로推給혼딕船人이運船時에氏

가執櫓助力ᄒ事가有ᄒ다ᄒ야不受ᄒ니彼의不受는理의然혼바이

나氏의給與ᄒ所以는大抵人生이多錢흘時보다少錢흘時에吝嗇흠

이 不可ᄒ다 홈이라 該地에는 依托ᄒᆞᆯ 人도 無ᄒ고 且 睡眠을 禁ᄒ기 爲ᄒ야 時로 舟를 漕ᄒ니 身도 疲勞ᄒ고 兼ᄒ야 口腹이 飢渴의 害를 未免ᄒ얏더라

街上으로 緩步ᄒ다가 맛겟도町 附近에셔 麵包 携持ᄒ 小兒를 逢ᄒ야 所賣處를 探問ᄒ고 該店에 往ᄒ야 三錢으로 大麵包 三個를 購得ᄒ야 盛ᄒᆞᆯ 處가 無ᄒ지라 左右 腋에 挾ᄒ고 一個는 喫ᄒ면셔 마겟도町 第四 街를 過ᄒᆞᆯ셔 年可 二六인 佳兒娘이 氏를 注視ᄒ니 此는 氏의 奇怪ᄒ 狀態를 笑ᄒᄂᆞᆫ 樣이라 曭라 彼兒娘이 後日에 氏의 妻가 된 리ㅣ도孃인 줄 엇지 知ᄒ얏시리오

再次 舟中에 還ᄒ야 暫時 休憩ᄒ고 更히 市中에 徘徊ᄒᆯ셔 華麗ᄒ 衣服을 着ᄒ 男女 等이 三三五五로 作伴ᄒ야 通行ᄒ거늘 此를 追ᄒ야 一會舘에 入ᄒ즉 滿座ᄒ 人이 다 默坐ᄒ얏심이 甚히 寂寥ᄒᆞᆯᄲᅮᆫ 不是라 且 路憊를 因ᄒ야 坐睡ᄒ다가 其 罷會ᄒᆞᆷ을 不知ᄒ얏더니 一親切ᄒ 人이 氏를 喚起ᄒ야 歸來케 ᄒ니 此는 氏가 該府에 到ᄒᆞᆫ 后 最先 旅宿ᄒ던 主人

이러라

河岸을 沿ᄒ야 歸ᄒᄂ 途에 一少年을 遇ᄒ야 旅館 所在地를 問ᄒ되 少年이 親히 導引ᄒ니 卽우오다ㅣ 街에 居ᄒᄂ 구룻구도빌넷도의 家이라 午飯을 喫ᄒ서 該家 雇人 等이 氏를 向ᄒ야 探問ᄒᄂ 事가 多ᄒ니 此ᄂ 氏의 年齡이 幼妙ᄒ고 容體가 怪異ᄒᆷ으로 逃走ᄒᆫ 人인가 起疑ᄒᆷ이러라 翌朝에 印刷人 산두류부랏도 後을 氏를 訪問ᄒ다가 前日늬 유요크에셔 面會ᄒ던 위람翁을 逢ᄒ지라 翁의 紹介로 其令男을 面接ᄒ니 此人은 數日前에 織工의 缺員을 補充ᄒ고 그 同業者에게ㅣ마ㅣ라稱ᄒᄂ 人이 雇聘ᄒᆯ 必要가 有ᄒ거늘 翁과 同히 게ㅣ마ㅣ家에 往ᄒ야 接語ᄒ 后 卽時器機 使用ᄒᄂ 試驗을 經ᄒ야 雇傭ᄒᄂ 承諾을 受ᄒᆷ이氏를 其主리ㅣ도氏에게 寄宿케ᄒ니 前日氏를 注視ᄒ던 佳娘의 家이러라 時에 運送店에 付ᄒ얏던 行李가 到ᄒ야 新衣를 換着ᄒᆷ이 氏의 形貌가 麵包를 喫ᄒ며 街上으로 緩步ᄒ던 時와 逈異ᄒ니리ㅣ도孃의 眼目에ᄂ 非凡ᄒ 人物로 視ᄒ얏더라

18

市中에在ㅎ야好學ㅎ는靑年을結交ㅎ야每夜相從에或學術을講習ㅎ
며且事務에精勤ㅎ고錢財를節用ㅎ야貯金도不無ㅎ니心은愉快ㅎ
나鄕谷에思懷가懇切ㅎ더니時에氏의父兄은氏의所在地를不知ㅎ
고獨히고린스一人만知ㅎ며且該地에渡去홀時에周旋ㅎ던船長홈
스의親戚某가氏의消息을聞知ㅎ고寄書ㅎ야曰足下의父母兄弟가
足下의去處不明홈으로晝宵憂慮中에在ㅎ니乍速히歸國ㅎ라勸諭
ㅎ얏거늘氏가卽時回答ㅎ야其厚意를謝ㅎ고渡來혼理由를詳細히
陳述ㅎ니라

此書가홈스에게到達홀時에本州知事사ㅣ위람게이스氏가偶然히
홈스의傍에在ㅎ얏다가氏의書를一覽ㅎ고極히讚稱ㅎ야曰弱年에
如此혼文筆이有ㅎ니엇지出類혼人才가아니리오此人을獎勵ㅎ기
爲ㅎ야本府에一個印刷所를創設ㅎ리라는說을轉聞ㅎ얏더니一日
은게ㅣ마ㅣ와共히視務홀서知事가一士官과共히我工場에突入코
자홈의게ㅣ마ㅣ는渠에게所觀이有혼줄노思ㅎ고出迎혼즉氏를訪

問호이라云호는지라承顔혼后知事가親切히語호야曰自今으로頻

數히交際호자호며相率호야旅舘으로歸호야氏를爲호야印刷工塲

設始홀事를談論호는지라氏가父親이此事를不許호의로辭혼의知

事가言호되君은勿慮호라余가君의父親에게修書호야贊同케홀지

니君은余의使者가되야바스돈에往호라호거늘氏가其眷厚혼恩澤

을感謝호고歸家홀意로決定호얏스나出發호기前에此說을漏洩치

아니호고如常히視務호얏스며爾後로往往知事의

招待를因호야響應홈을受홈이胸襟이開濶호야團圞홈이無호고隨

意談話호더라

一七二四年四月에바스돈에往호는船便이有혼지라에게마ー에게朋

友를尋訪홀事로受由혼後知事의書札을帶호고出帆호야十四日에

바스돈에安着호니氏의歸省홈이實로全家夢想의事ー라一驚一喜

호는心을不堪호더라即時兄의印刷塲에入호야拜謁호딕兄은不平

혼顏色이有호야一眺혼后事務에着心홀而已오職工等이氏의逗遛

호든處의形便과諸般事를詳問호는지라一一히說明호며氏의愉快

호生活과歸鄕홀心이無홈을談話호더니一職工이該州에셔何如호

貨幣通用홈을問호거눌胡囊에셔一掬銀貨를攫出호야自誇호니盖

時에바스돈에눈紙貨눈通用호눈故로彼等은貨幣를手中에入호事

가無호더라一弗의錢을出호야酒債를助給호后에歸家호니此時에

尋訪호것이兄의心思를大損케홈으로自然兄의忿怨을結호야終乃

生活을幷立홀意가無호지라其母가和解호야骨肉의情을完全케홀

意로百方盡力호딕兄이言호야曰余에게恥辱을加호故로彼눈

其心을回復키不能호다云호니此눈其兄의誤解홈이러라父가知事

의書翰을披覽호后一言도不發호고默坐호얏더니偶然히홈스가來

到호눈지라此書를出示호며曰君은曾히케이스氏를知호눈냐氏눈

如何호人인지年少者에게如斯호事業을創起코자호니實로沒覺호

人이로다호고即時知事의厚意를謝호고青年으로호여금大事를擔

任케홈이不可호事와其準備눈莫大호財政을要호눈意를陳述호야

同意키難홈으로答送ᄒᆞ니라

舊友고린스가時에郵便局書記로視務ᄒᆞ더니余의此說을聞ᄒᆞ고후야델후ᄒᆞ에同行ᄒᆞᆯ意가有ᄒᆞ야先發ᄒᆞ늬유요크에셔待ᄒᆞ기로約定ᄒᆞ니라

其父는사ㅣ위리암氏計盡을贊成치아니ᄒᆞ얏스나氏가名譽가有ᄒᆞ人物로如此히厚待를受홈을欣喜ᄒᆞ며且졔ᄋᆞ스兄과和睦치못홈을察ᄒᆞ고후야델후ᄒᆞ에再渡홈을認許ᄒᆞ며訓論ᄒᆞ야曰汝가彼處에往ᄒᆞ야他人의愛敬을受ᄒᆞ기를務ᄒᆞ며勤儉二字를念頭에銘刻ᄒᆞ야後日立揚ᄒᆞᆯ道를勉修ᄒᆞ라ᄒᆞ니라

因ᄒᆞ야父母씌辭退ᄒᆞ야乘船ᄒᆞ지數日에늬유요크에到達ᄒᆞ니고린스는氏보다先着ᄒᆞ얏는지라此人은本히品行이雅正ᄒᆞ야他人의愛敬ᄒᆞ바되얏더니是에至ᄒᆞ야는狂酒의行이有ᄒᆞ지라此地에到着ᄒᆞ后酗亂의事와粗暴의行爲가不少ᄒᆞ야衆怨을搆記홈으로氏도反히害를受홈이不無ᄒᆞ더라

22

此地에渡來ㅎ는路에로ㅣ도아이란도를過ㅎ고尊兄을尋訪ㅎ더니

偶然히兄의友人윌론을逢ㅎ야氏가후야델후야에往흠을聞ㅎ고該

地某人에게三十五磅(我三百五十圓)의所捧錢이有ㅎ니此를推尋ㅎ

얏다가後日付送ㅎ기를懇請ㅎ는지라氏가本是此等上關係를不肯

ㅎ나兄을尊敬ㅎ는意로許諾ㅎ고歸府흔后卽時推覓ㅎ야某便으로

付ㅎ얏더니中路에셔고린스에게消費흔바되야必也困難흔境을當

ㅎ얏시니此는氏의不慎흔所以라時에至ㅎ야其父의前日訓諭를感

思ㅎ더라

후야델후야에歸ㅎ야即時知事를訪問ㅎ고父親의答書흔事를問흔

되知事가言ㅎ되年高흔者도知識이必有치아니ㅎ며年少흔者라도

事業을必敗치아니ㅎ느니余의意가已決흔지라君은英國에注文ㅎ

器械目錄을記來ㅎ라ㅎ거늘氏가知事의厚恩을謝ㅎ고卽時一百磅

價金을要ㅎ는印刷器械의目錄을記出흔되知事가氏로英國에親往

ㅎ야良好흔器械를擇取買入흠이便益ㅎ다ㅎ거늘氏도妥當흔줄노

思料ᄒ고運船「안너스」號를渡航ᄒ기를決定ᄒ얏시나出帆期限은數個

月后에在ᄒ故로아즉게ᅳ마ᅳ와同히職事에就ᄒ나라

氏가게ᅳ마ᅳ와共히談論을好ᄒ야時時로互相討論ᄒᆯ석氏ᄂᆫ속구

라데스의論法을用ᄒ야頻頻히게ᅳ마ᅳ의所論을攻擊ᄒ나게ᅳ마

ᅳᄂᆫ氏의辯論이巧妙ᄒ야自己가將來布宣ᄒᆯ宗敎에反對ᄒᄂᆫ者를

氏로ᄒ여금論駁ᄒᆯ意로日노더욱親睦ᄒ얏더라

此時에氏ᄂᆫ리ᅳ도孃에게敬愛ᄒᄂᆫ情을相通ᄒ얏더니孃도ᄯ또ᄒ氏

와百年佳約의志願이有ᄒ나其母가獨히此를拒絶ᄒ야曰君이將來

一世英傑됨을準備ᄒᄂᆫ中이며且彼此此二九에未滿ᄒ妙齡이니一面

으로ᄂᆫ志業을未達ᄒᆯ가恐ᄒ며一面으로ᄂᆫ世人의評을不免ᄒᆯ가恐

ᄒ노니君이歸國ᄒ야開業ᄒ后에子歸의禮를行ᄒᆷ이尙且未晚ᄒ다

ᄒ니盖此說이事理에ᄂᆫ合當ᄒ나彼의心에ᄂᆫ氏의事業이未就ᄒᆯ

노豫想ᄒ고婚姻을拒絶ᄒᄂᆫ遁辭에不過ᄒ이려라

知事ᄂᆫ親切히時時로氏를招待ᄒ야起業ᄒᆯ事를確實히談ᄒ며且器

械의 買來價金을 辦出ᄒᆞᄂᆞᆫ 書翰과 氏의 親友에게 紹介狀도 書給ᄒᆞᆷ을 相約ᄒᆞ니라 發程ᄒᆞᆯ日이 漸近ᄒᆞᆷ이 書翰을 收取ᄒᆞᆯ次로 往往히 訪問ᄒᆞ되 恒常 後日을 延期ᄒᆞ더니 出帆日을 當ᄒᆞ야 知事處에 又往ᄒᆞᆫ즉 知事ᄂᆞᆫ 公務의 繁劇을 由ᄒᆞ야 面接기 不能ᄒᆞ고 다만 書記官을 命ᄒᆞ야 解纜時에 書翰을 出給ᄒᆞᆯ意로 轉佈ᄒᆞ더라 時에 親友 라루후도氏와 共히 渡航코자ᄒᆞ니 此ᄂᆞᆫ 商業을 爲ᄒᆞᄂᆞᆫ事가 아니오 其妻와 永別기爲ᄒᆞᆷ이나 氏ᄂᆞᆫ 反此ᄒᆞ야 리ー도 孃과 終來에 比翼鳥가 되기로 契約을 結ᄒᆞ얏더라 行裝을 束ᄒᆞ야 뉴ー갓스루港에 到ᄒᆞ니 知事가 此處에 先着ᄒᆞ지라 卽時 旅舘에 往訪ᄒᆞᆫ즉 知事ᄂᆞᆫ 重要의 公事로 以ᄒᆞ야 面會ᄒᆞᆷ을 不得ᄒᆞ고 傳言曰 書簡을 船中에 送致ᄒᆞ리니 無恙히 渡海ᄒᆞ라ᄒᆞᄂᆞᆫ지라 氏가 心에 不平ᄒᆞ이 不無ᄒᆞ나 秋毫도 疑慮ᄂᆞᆫ 無ᄒᆞ더라

第三章

氏가 解纜ᄒᆞᆯ際에 仕官 후렌치 前日에 知事로게마ー도 工場에 同來ᄒᆞ

던 人과 來ᄒᆞ야 乘船ᄒᆞᄂᆞ지라 氏가 自量ᄒᆞ되 此人이 必是 知事의 書信

을 持來ᄒᆞ얏다ᄒᆞ야 問ᄒᆞᆫ則 行李中에 入在ᄒᆞ니 彼에 到着ᄒᆞ기 前에 出

給지못ᄒᆞᆷ으로 答ᄒᆞᄂᆞ지라 即時 進航ᄒᆞᆯᄉᆡ 滿帆ᄒᆞ 淸風을 遇ᄒᆞ야 萬里

水雲을 穿破ᄒᆞ고 英國海峽에 得達ᄒᆞ니 仕官이 六七度의 書狀을 出給

ᄒᆞᄂᆞ디 一度ᄂᆞᆫ 王室所用 印刷人處에 往ᄒᆞᄂᆞ者오 一度ᄂᆞᆫ 文房諸具商

處에 往ᄒᆞᄂᆞ者이러라 無何에 目的地 倫敦에 到着ᄒᆞ니 時ᄂᆞᆫ 一七二四

年 十二月 二十四日이러라

伊時에 船을 向ᄒᆞ야 來ᄒᆞᄂᆞ 文房具商人이 有ᄒᆞ기로 其姓名을 問ᄒᆞᆫ則

知事書簡에 在ᄒᆞᆫ 姓名과 符合ᄒᆞᄂᆞ지라 即時 其書簡을 給ᄒᆞ니 讀畢에

曰 此ᄂᆞᆫ 必是 싯쓰레스덴의 來信이나 氏가 前日에 彼를 惡漢으로 認知

ᄒᆞ고 絕交ᄒᆞ지已久ᄒᆞ얏슨則 今에 何關係가 有ᄒᆞ리오ᄒᆞ며 其書를 氏

에게 還付ᄒᆞᄂᆞ지라 비로소 知事의 書信이 안임을 覺悟ᄒᆞ고 心에 甚히

驚愕ᄒᆞ야 事勢를 考察ᄒᆞᆫ則 知事의 心志에 對ᄒᆞ야 疑慮가 不無ᄒᆞ故로

旣往船中에서 知面ᄒᆞᆫ 뎀함을 訪問ᄒᆞ고 該事實을 談論ᄒᆞᄃᆡ 答曰 게이

26

스의爲人이本是如斯ᄒ거늘君을爲ᄒ야紹介狀을寫給ᄒ얏다ᄒ음은

可信치못ᄒ지며且渠는信用이無ᄒ고但히他人에게信用ᄒᆯ書信을

途ᄒ음은實是可笑ᄒᆯ事라ᄒ는지라氏가此를聞ᄒ인更히喫驚ᄒ야茫

然히一語를不發ᄒ다가良久에自嘆曰事가旣히此에至ᄒ얏스니悔

ᄒ야도無益이라但轉禍爲福ᄒ기를望ᄒ노라ᄒ고뎀함에게對ᄒ야

周旋을依賴코자ᄒ되뎀함이勸ᄒ되某地印刷場에入ᄒ야君의職業

을硏究ᄒ야再次美國에歸去ᄒ면畢竟大利益을可期ᄒ리니此는轉

禍爲福ᄒ方策이라ᄒ거늘氏가此를從ᄒ야印刷工業을硏究ᄒ기로

決定ᄒ얏더라嗟呼라知事가狡計로如我少年을詐欺ᄒ야如此ᄒ境

에陷ᄒ事를思ᄒ면其忿情을不堪ᄒ겟시나一面으로推思ᄒ면彼는

甚히賢明ᄒ人士로文筆의才藝도有ᄒ고且良好ᄒ法律을發佈ᄒ얏

시니人民에對ᄒ야는病人의藥餌을便成이라ᄒ더라

即時有名ᄒ혼삐마ᅵ의活版所에被雇ᄒ야冊子製造ᄒ는職工으로

一週年을視務ᄒ서其所得의雇金은娛樂에盡供ᄒ고一時狂人을作

호얏더라、

此時에라루후는全혀妻子를忘却호고娛樂에從事호며氏도또흔리

ㅣ도孃의事를忘却흔지라渡來흔后一回書信이有호얏시나彼가氏

의再次歸來처안이홀줄노豫想흔다홈을轉聞호얏시니此논氏의生

涯上大失錯이有흔지라時에氏의從事홈은'와라스도이라稱호는自

然宗敎第二版書製冊이라其書의議論이確精처안님으로此를摘發

흥기爲호야小冊子一卷을著述호야自由及命數歡樂苦痛論이라題

籤호야라루후의名義로發刊호얏더니빠ㅣ마ㅣ가自己의論旨가反

對호논意思를包含홈으로認知호나氏의才識을確認호며且릿쯜부

리덴에寄宿홈이該近書鋪와親密흔故로多數書冊을借讀호야多大

흔利益을得호얏더라

氏의著述흔右書를라이온(判斷論著述人)이가閱覽호고氏를愛重호

야往往히招待호야知識을交換호는事ㅣ有호며又만딜월博士와蜜蜂

物語著述人)及베무볼돈博士를紹介호야面會홈이베博士가好機를

待ᄒᆞ야사ㅣ아잇삿구뉴돈에指導ᄒᆞ기를相約ᄒᆞᄂᆞᆫ지라氏가甚喜ᄒᆞ야時機를苦待ᄒᆞ얏더니終來에空言에歸ᄒᆞᆷ이遺憾이不無ᄒᆞ더라時에氏의技能이多少熟鍊ᄒᆞ얏시나更히一層高尙ᄒᆞᆫ術業을研究爲ᄒᆞ야왓도工塲에移轉ᄒᆞ얏더라

此工塲에五十人職工이有ᄒᆞ야다만酒癖으로時時牛飮ᄒᆞ나氏ᄂᆞᆫ獨히不飮ᄒᆞ니諸人이飮水呑米人이라指稱ᄒᆞ나氏ᄂᆞᆫ本是酒가狂藥이오佳味가안이며麵包와水를喫ᄒᆞᆷ이反히身體를强壯케ᄒᆞᆯ뿐不啻라理財上에多大ᄒᆞᆫ利益이有ᄒᆞᆷ을爲ᄒᆞᆷ이러라

屢日을經ᄒᆞᆷ이氏의風習이次第로職工에感染ᄒᆞ야禁酒者가不少ᄒᆞ니此로由ᄒᆞ야彼等이快活ᄒᆞᆫ精神과雄健ᄒᆞᆫ氣力으로執務에活潑ᄒᆞ니라

氏가休息이無ᄒᆞ고事務에迅速ᄒᆞᆷ으로主人의特別待遇를受ᄒᆞ며職工中에와잉에도라稱ᄒᆞᄂᆞᆫ人이有ᄒᆞ니英才가特妙ᄒᆞ고目羅甸佛蘭西語를能通ᄒᆞ며他職工보다優勝ᄒᆞᆫ敎育을受ᄒᆞ얏ᄂᆞᆫ지라特히親密

ᄒ야每事를相議ᄒ며日水術을敎授ᄒ이未久에善手가되니라其紹

介를因ᄒ야某紳士를訪問ᄒ后共히水路지에레시ᅵ에往ᄒ야同地

의大學校와ᄯ살도로스의奇物을觀覽ᄒ고歸ᄒ서와임에도가同行

者에게氏의水術巧妙ᄒ을說話ᄒ이衆人이游泳기를懇請ᄒᄂ지라

於是에氏가河中에投入ᄒ야지에레시近傍으로從ᄒ야부랏구후라

이알후에游泳ᄒ니衆人이모다卷舌稱嘆ᄒ더라

氏의親切ᄒ友人덴함氏가후야ᄲᆯ후ᄒ에商業社를開ᄒ고氏에게通

奇ᄒ야年捧五十磅으로視務ᄒ기를請ᄒᄂ지라氏가往年에彼地에

셔爽快ᄒ던生活을思ᄒ고其書記로被雇ᄒ을許諾ᄒ니라

印刷所를辭ᄒ고曰노덴함이와共히物貨買入에奔走ᄒ더니不時에

사월암윈도함의招待를受ᄒ니此人은前日에氏의지레스시에셔游

泳ᄒ事와와잉에도에게游泳術을敎習ᄒ事를聞ᄒ고其子二人에게

水術을敎授코자ᄒ이러라氏가水術敎授所를開設ᄒ면收入이不少

ᄒ慮가有ᄒ으로歸來ᄒ事를停止ᄒ고伊后英京에셔約八個月間을

滯在ᄒ야前과如히印刷業에從事ᄒ며暇를乘ᄒ야讀書ᄒ기를不倦
ᄒ얏시며勞動ᄒ야貯畜ᄒ金은후라후에消費되야困境에當ᄒ
야도償務의督促이無ᄒ고親密을愈加ᄒ야每日學文의討論으로多
大ᄒ智識을啓發ᄒ니라

第四章

一七二六年七月二十三日에ᅀᅡ라위센도港에셔解纜ᄒ야更히千里
炯波를凌破ᄒ고同十月十一日에후이델후아府에歸着ᄒ니事物의
變遷은一觀可驚이라知事는메ー셸,골돈이가被任ᄒ고케니스는免
職ᄒ얏더라一日은路上에셔리도孃을逢着ᄒ니孃은含羞ᄒ態度로
視ᄒ되不見ᄒ과如히去ᄒ니此는氏가幾年不在ᄒ으로彼로질스라
陶工과結約ᄒ事가有ᄒ所以라是로由ᄒ야氏도彼孃에게對ᄒ야赤
顔을露出치아니ᄒ더라
歸省ᄒ後오ー다街덴함의商店에寄宿ᄒ야簿記學을鍊習ᄒ고一面

으로主人의營業을扶助ᄒ니商業이日로繁昌ᄒ눈지라덴함이氏를

敬愛ᄒ고氏눈덴함을愛重ᄒ야快樂으로同居ᄒ더니噫라興盡悲來

로一七二七年二月初旬에主客二人이疾病에共罹ᄒ야氏눈僅僅히

蘇復ᄒ고主人은哀然히鬼府에入籍ᄒ으로該店을其親族의相續ᄒ

빅되고氏눈無職業者가되니時에氏의年齡이二十一歲러라

同地에住ᄒ눈홈은氏에게舊業回復ᄒ을勸ᄒ며게ᅵ마ᅵ눈多額의

年俸으로氏를該印刷場의管理者됨을請ᄒ나氏가倫敦에在ᄒ時에

該妻와게ᅵ마ᅵ의爲人이不良ᄒ을目擊ᄒ故로容易히許치아니ᄒ

얏더니彼가頻頻히懇請ᄒ분不是라氏도適合處가無ᄒ으로再次게

ᅵ마ᅵ家에被雇ᄒ얏더라

게ᅵ마ᅵ가氏를厚俸으로雇傭ᄒ目的은他職工을養成ᄒ后에氏를

薄俸으로使役코자ᄒ이라幾許日을經ᄒ後에諸職工의技倆이進步

ᄒ야分雜ᄒ事務를能足히整頓ᄒ며且諸般事務를改良擴張ᄒ으로

絶大ᄒ新面目을發生ᄒ이게ᅵ마ᅵ와職工等이極히親密ᄒ더라

32

氏의 視務는 其有益을 勿論이오 職工技倆이 漸次進步ᄒᆞ야 事務就緒

에 氏의 助手를 不要ᄒᆞ고 且家政이 良好치 안임으로 氏의 年俸을 支撥

ᄒᆞ時는 困難의 模樣이 有ᄒᆞ야 減俸ᄒᆞ기를 願ᄒᆞ며 待遇가 漸次 疎忽ᄒᆞ

야 主客 情誼를 喪失ᄒᆞ고 時時로 氏의 缺点을 摘發ᄒᆞ더라

一日은 게ㅣ마ㅣ가 街上에서 氏를 見ᄒᆞ고 怒聲을 叫ᄒᆞ며 雜言 容貌을

吐ᄒᆞ야 衆人所在處에셔 耻辱을 與ᄒᆞ더니 更히 工場에 入來ᄒᆞ야 非常

ᄒᆞ 爭論을 惹起ᄒᆞᄂᆞᆫ지라 氏가 快然히 帽子를 持ᄒᆞ고 職工 메레데스에

게 會ᄒᆞ야 行李를 旅舘으로 運搬ᄒᆞ고 卽時 該家를 離ᄒᆞ니라

同日夕에 메레데스가 來訪ᄒᆞ야 進退를 同行치 못ᄒᆞᆷ을 嘆ᄒᆞ며 曰 게ㅣ

마ㅣ가 現今 多大ᄒᆞ 負債로 利害를 不關ᄒᆞ고 其家産을 放賣ᄒᆞ니 不久

에 破産ᄒᆞ지라 君은 此機를 勿失ᄒᆞ고 揚臂奮起ᄒᆞ면 十年의 業을 一朝

에 可期라ᄒᆞ거늘 氏가 資本이 無ᄒᆞᆷ을 嘆息ᄒᆞ되 메레데스가 言ᄒᆞ되 吾

의 父親이 恒常 足下를 敬信ᄒᆞᆷ이 不淺ᄒᆞ니 此事를 相議ᄒᆞ면 資本을 可

得ᄒᆞ지며 且氏도 게ㅣ마ㅣ에게 雇傭期限이 今春인즉 今으로 始ᄒᆞ야

君의 弟子되고 英京으로부터 諸器械를 買入ᄒᆞ겟다ᄒᆞ거늘 氏가 欣喜흠을 不勝ᄒᆞ야 機械目錄을 記出ᄒᆞ야 其父에게 送致ᄒᆞ얏더니 卽時買入ᄒᆞ기로 周旋ᄒᆞ더라.

時에 相當ᄒᆞ 職業이 無ᄒᆞ고 優遊로 渡ᄒᆞ더니 게ᅵ마ᅵ가 뉴ᅵ욜시州의 紙貨製造ᄒᆞᆷ을 依托을 受ᄒᆞ얏는데 此業에 能通ᄒᆞ 者는 氏一人뿐이라 게ᅵ마ᅵ가 鄭重ᄒᆞ 書信을 氏에게 送ᄒᆞ야ᄃᆡ 一朝의 激怒를 因ᄒᆞ야 百年의 情友를 分手흠은 實是 意外의 事라 旣往의 罪過를 勿咎ᄒᆞ고 再次 歸臨ᄒᆞ야 一層 親密기를 願ᄒᆞ노라 再三 懇請ᄒᆞ고 메ᅦ데ᄉ도 此를 頻頻히 勸ᄒᆞ는지라 ᅵ마ᅵ 紙貨製造所에 往ᄒᆞ야 製造ᄒᆞ고 后不少ᄒᆞ 報酬金을 得ᄒᆞ니 此로 由ᄒᆞ야 게ᅵ마ᅵᄂ 一時 破産의 禍를 免ᄒᆞ니라

린돈에 滯在ᄒᆞ中 紙貨製造를 監督ᄒᆞ기 爲ᄒᆞ야 州會委員 二三人을 交際ᄒᆞ서 氏의 談話를 好ᄒᆞ야 時時로 招待ᄒᆞ며 或은 其親友에게 紹介ᄒᆞ야 氏를 彼히 敬愛ᄒᆞ되 게ᅵ마ᅵᄂ 元來 偏僻ᄒᆞ 性質인 故로 交遊快樂이 無ᄒᆞ고 但히 安閑흠을 爲主ᄒᆞ니 實로 別人物이러라

其時에親切혼人士눈判事아렌書記官사미유엘及보스질,아이삿구,

쎌손,죠써,후,구ㅣ바ㅣ州會議士等이며此外에測量總長아이삿구데

고라稱호눈老翁이有호니此人은年少時에陶土運搬으로爲業호다

가年長호야筆法을學호고其後에測量師의引繩助員이된事가有호

나極히節儉호야自手로家業을成호고富名을得혼人이라氏의相貌

를察호고曰君이早晩間에一大産業家가되리라호나其實은氏의企

圖를不知호나如此혼預言을發홈이라氏가事業에關혼記述을錄호

기前에一次氏의將來勢力에及혼主義와道理에關혼事軆를陳述호

니氏의兩親은宗敎主義를基因호야氏를敎養호나氏가十五歲時에

敎理를論難혼書籍을讀호고疑端을生호얏스며其後에보ㅣ리ㅣ氏

의神無點示라홈을攻駁호눈論說을讀호고更히其心에反對思想을

發生호얏시니此를略論호면氏눈神이點示라홈은不信호고다만神

만確信홈이라然이나氏의論說이他人의心을變化케호며又눈彼自

由思想家게ㅣ스가氏를彼禍케혼事를思호면吾의所說이效力이果

有호가호야疑念이不無호며神의性質을考察호면人의良知良能을

至賢至善케호야覆載間에惡人이無호지나其靈驗有無의區別은實

로虛言인줄思料호얏스니比건디哲理學論者가誤想을易發홈과同

一호더라

然이나眞理成實廉潔等의諸般德行은人生交際上에十分必要호者

인죽平生에此를遵行호기로決心호얏시며且伊時에所感이有호야

日記호빅有호니日神의點示로因호야世人의某行爲논禁止호故로

不良호고某行爲논命令호故로善良호다호되氏논此에反호야某

行爲논吾人의妨害가되논故로禁홈이오某行爲논吾人의福利가되

논故로命홈이라思料호얏노라호더라

父의膝下를離호야其訓戒를未受호고且宗敎를不信호얏시되品行

이不正不義에陷치아니호고最難호靑年時代를善過홈은前述의道

理를解得홈이라

此時에注文호호機械가후야델후햐에到着호지라即時歸호야마ー게

36

一도街에家屋을借ᄒ야開業ᄒ이親友죠지후스가氏를爲ᄒ야鄕谷의印刷性文者와共來ᄒ故로其依托을應ᄒ야多少收益이有ᄒ얏시니此가비로소氏의開業ᄒ結果니라

第五章

氏가靑年諸友와協議ᄒ고各其知識을啓發ᄒ目的으로一會를組織ᄒ니會名은쟌도ー라每金曜日夕에開會ᄒ고順次로道義經濟物理學等問題를提出ᄒ야討論ᄒ며又는三個月에一回式適當ᄒ問題를擇ᄒ야論文을製述朗讀ᄒ고討論ᄒ時에는議長의指揮를一從ᄒ야辯論의勝負는不爭ᄒ고其理를探求ᄒ기로專心ᄒ며討論問題는預先揭示ᄒ야硏究에一任ᄒ니라時에入會ᄒ人은섈렌도날곳도후레ー、스기늘ᄒ、쇤스、부오구릿지、메례데스、부스엠구레스、고례만등이니舉皆名望이有ᄒ才士오就中고례만스氏는志氣가最히相合ᄒ으로交際가終乃親密ᄒ얏시며會況이漸次就將ᄒ야畢竟州中에第一講學

所가됨이世人에裨益이不少호니라

當時에氏가早에起호고夜에寢호야職業에從事호기를息치아니호더니世人이批評호야曰彼게ー마ー와부랏도후을도의印刷가創設이已久호則氏의開業이畢竟失敗를未免호리라호되베루도博士는此를反對호야曰푸링크린의精勤은其右에出홀者ー無호니勞働的觀念으로推究호건디其業의繁昌을確信이라호더라

一日은게ー마ー의雇人죠쥬엡이라爲名人이來호야게ー마ー와解約호고氏에게雇傭호기를請호거늘氏가未久에新聞을發刊홀預定인즉其時雇入홀지니此事를他人에게洩치말나言及호얏더니彼죠쥬엡이約言을破호고게ー마ー에게新聞發刊事를談話홈이게ー마ー가卽時發刊에着手호니此를因호야氏의失望이多大호지라부랏도후을도新聞을續刊호얏더니게ー마ー의新聞을購覽호는者가日로縮減호야僅僅히二三個月을經홈의該業을氏에게賣渡코자호눈지라卽時買收호야一層改良호고「벤실뷔아니아가젯도」라稱호니라其

時에불넷도 知事와마사셋州會의葛藤事件을紙上에評論ᄒ얏더니地

方有力者가贊成을表ᄒ야該社에加盟ᄒ기를請ᄒ니此는氏가妄論

이無ᄒ結果로써奮勵의心을惹起케ᄒ이러라各會公文印刷物을專

擔ᄒ부랏도후울도가州會知事에게呈ᄒ建言書의印刷ᄒ을觀ᄒ이

甚히粗惡ᄒ지라氏가更히精美케印刷ᄒ야配達ᄒ얏더니氏의親友

二三議員이兩者의醜美懸殊ᄒ을知認ᄒ고全會의同意를得ᄒ야翌

年으로부터一切州會에關ᄒ印刷ᄂ氏에게全任ᄒ더라時에월논이

가氏의事業進就를見ᄒ고債務의辦償을訴求ᄒᄂ지라卽時履行ᄒ

고其厚誼를謝ᄒ야修書ᄒ니라

一難事를僅過ᄒ고少히安心ᄒ얏더니狋然히困境에又至ᄒ니開業

홀初에메레데스의父親을向ᄒ야一百磅金을借得ᄒ고機械買入時

에商人에게一百磅負債가有ᄒ이抵當物을因ᄒ야催促이無ᄒ더니

終乃還償치못ᄒ으로此時에至ᄒ야裁判所에起訴코자ᄒ니諸機械

를盡賣ᄒ야도負債半에不過ᄒ고且此를因ᄒ야前途所期事業이烏

有에歸ᄒ겟더라

伊時에親友위리암、고레만과로불도、구레스가來ᄒ야自己가此債務辦償기를請ᄒ고且曰메레데스ᄂᆫ博奕과飮酒에從事ᄒ야君의信用을非常히損傷ᄒ니速히排斥ᄒ라懇勸ᄒᄂ지라氏가二人의情誼를忘却기不能ᄒ나메레데스父子ᄂᆫ余의恩人인즉先히排斥홈이不可ᄒ意로答ᄒ고其后에메레데스를向ᄒ야尊父가君我의協同홈을不肯ᄒ딕君과分離ᄒ야營業을開ᄒ자ᄒ딕메레데스가答ᄒ되父親은現今失望中에在ᄒ故로君을扶助ᄒ力이無ᄒ뿐不是라ᄯ오此業이適當처못ᄒ니將次故鄕에歸ᄒ야農業에從事코자홈이며日후에스人이가로라이나州에移住ᄒ야土地를廉價로購入ᄒ야農業을開코자ᄒᄂ者ㅣ有ᄒ故로余도此人과同行코자ᄒ노니君은他人의助力을受ᄒ야余父親의百磅金을辦償ᄒ며又余가他人에게報償홀資償三十磅과鞄袋一個가有ᄒ니此를特賜ᄒ시면其恩惠가莫大ᄒ줄노思ᄒ겟다ᄒ거ᄂᆯ氏가彼의所請을卽速히依行ᄒ얏더니메레데스

가其後에該地의風俗,氣候,地質,農業等을詳記ᄒ야가로라이나便에

送ᄒ얏ᄂ지라卽時報紙에登載ᄒ이讀者의好評을得ᄒ얏시며메레

데스와解約ᄒ后ᄂ前記ᄒ二友에게依賴ᄒ야各半額의金錢을辦

償ᄒ기로負債를消却ᄒ고一層事業에勉勵ᄒ니라

當時에紙貨增發論이起ᄒ이富人온此를駁論ᄒ고人民은此를贊成

ᄒ야両派가互相詰論ᄒᄂ지라氏가本府에初到ᄒ야街上에遊觀ᄒ

時에ᄂ市內에貸借家가多ᄒ기로市民이減少ᄒ을推知ᄒ얏더니彼

一時에變遷ᄒ지라氏ᄂ此實蹟을推量ᄒ고紙幣增論을贊成ᄒ야紙

을得ᄒ고市屋에商人이充濫ᄒ야新家屋을建築ᄒ니社會의光景이

一萬五千磅紙幣를發行ᄒ後로商況이增加ᄒ야職工等이各其業

幣의性質及必要라ᄒᄂ小冊子를發刊ᄒ이喝采ᄒᄂ者一多數ᄒ고

怨恨을起ᄒᄂ者ᄂ但히小數의富人이라駁論者勢力이漸次減減ᄒ

야畢竟州會에셔此를增發ᄒ기로議決ᄒ니라此議決에氏의力이不

少ᄒ故로其報酬로紙幣調製를命ᄒ이其利益이不少ᄒ더라

日月을 經호의 紙幣効力이 自然 顯彰호야 異議를 發호는 者가 漸少호

고 其增發을 隨호야 商業이 盛旺호는 故로 住民이 倍蓰호나 紙幣發行

이 制限이 無호 時는 非常호 災害를 生호 念慮가 不無호더라 州會議員

中의 親切호하이루 돈氏 周旋을 因호야니고 갓슬의 紙幣製造를 擔負

호얏시며 同府廨의 印刷物을 永久히 發刊호기로 相約호니 事業의 繁

多는 言을 不待호나 更히 文房諸具의 商店을 開호얏더니 英京에셔 所

親호 호아이도마슈가 來호니 此는 印刷의 善手者라 氏의 業을 助力호

고且 一弟子를 得호 故로 事業이 漸次 繁昌호데 至호니라

伊後 印刷所 負債를 淸帳호고且 商業家의 資格과 信用을 得호기 爲호

야 衣服의 奢侈를 禁호며 更히 遊樂場에 不叅호고 或 釣魚銃獵 等으로

消日호며 或 讀書를 因호야 業務 時間을 自失호는 弊가 不無호얏시며

時로 自轉車를 乘호고 市中에 巡回호야 印刷料紙를 買歸홈의 代價를

無違 支拂호야 分時도 違約홈이 無호 故로 勤實 特奇호다는 讚頌을 得

호야 他 文房具의 商人이 氏로 主商삼기를 請호며 書舖는 書籍을 不求

42

自送ᄒᆞᆫ故로業務가日로就緒ᄒᆞ되主人에게ㅣ마ㅣ의營業은漸次衰

弱ᄒᆞ야債權者의督促이日甚ᄒᆞᆷ으로印刷機械를賣却ᄒᆞ고他鄕에轉

移ᄒᆞ니라

리도孃의家族은氏가該家에寄寓ᄒᆞᆯ時로부터恒常氏를優待ᄒᆞ더니

尙且不變ᄒᆞ야時로家事를相議ᄒᆞᆫ지라氏가其心志의始終惟一

ᄒᆞᆷ을感悅ᄒᆞ더라其原因은全혀氏가倫敦에滯在ᄒᆞᆫ中에魚鴈이久絶

ᄒᆞᆷ으로空然히望夫石의嘆을抱케ᄒᆞᆫ薄情所致라可謂ᄒᆞᆯ지라彼ᄂᆞᆫ

氏에게言ᄒᆞ야曰君이遠行ᄒᆞᆷ으로恝然ᄒᆞᆫ情을遮斷ᄒᆞ고且移居ᄒᆞᆫ時

에無理로其志를奪ᄒᆞ야他人에게出嫁코자ᄒᆞ이彼의病根을成케

ᄒᆞ이니到今ᄒᆞ야思ᄒᆞ면吾가母道를失ᄒᆞᆫ罪가不少ᄒᆞ다ᄒᆞ더라此後

로二人間에情誼를依舊히恢復ᄒᆞ야交契가深密ᄒᆞ얏시나婚禮ᄂᆞᆫ各

種妨碍로因ᄒᆞ야成기難ᄒᆞᆷ으로思ᄒᆞ얏더니畢竟決心斷行ᄒᆞ얏시니

時ᄂᆞᆫ一七三零年九月一日이더라婚禮ᄒᆞᆫ後에ᄂᆞᆫ何等不和가無ᄒᆞ고

妻와共히勞働의力을分配ᄒᆞ야和樂且湛ᄒᆞᆫ慶福을亨ᄒᆞ더라

43

其時에「잔ー도ー」會所를 구렌스의 小亭子에 定호고書籍을 各其蒐集

호야講究에供케홈을發論홈익諸員이一同贊成호는지라即時書籍

室을設立호얏더니注意치아닌結果로一個年을不過호야廢止홈에

至호니라

其後에更히共立書籍館을設立홀서「잔ー도ー」會友의贊同을得호야

約五十名의社員으로創立호고每人拾圓으로社費를出호며又五十

年間은每年二圓五十錢式出호기로相約호얏더니加入者가追增호

야畢竟百人員數에至호얏시니此는진실노北米共立書籍館의元祖

라自後로書籍館의設立者가繼出호야現今은多數에至호니라

此書籍館은米人知識을開發호야商人農夫라도他國에在호면顯士

達官을壓倒호야終也에殖民全部로호야금公權을保全호야盛大호

고快絕호大活動을演論케홈이라

第六章

此時에氏는변실뷔아냐에永久히住居ᄒ意로該地에入籍ᄒ니라

一酒店을借ᄒ야잔ㅣ도ㅣ會塲을開ᄒ얏더니更히某家를借ᄒ야擴

設ᄒ고前과如히各기書籍을蒐集ᄒ야叅考에供ᄒ며又는普通書冊

藏置홀舘을建設홀議案을提出ᄒ얏시나旣往大困境을生ᄒ經驗이

有ᄒ으로自己의主唱을隱蔽ᄒ고外面은朋友의依托을受ᄒ樣子로

做事ᄒ야容易히成功ᄒ니此時에는名響를不顧ᄒ얏시나後日好評

을得ᄒ얏시니此는卽事業家의秘訣이로다

ᄒ야每日一二度式書籍舘에서學問을硏究ᄒ더라

遊樂塲으로因ᄒ야浪度홀時間이有ᄒ면此를讀書의時間으로引用

時에氏의印刷所負債와家兒의敎育關係가有ᄒ며又는前으로부터

營業ᄒ는競爭者二人이有ᄒ으로此反面의影響이不無ᄒ나氏의家

業은益益豐富ᄒ얏시니其原因은簡儉ᄒ習慣과父親의訓言을永久

히遵奉ᄒ이라其訓言의一例를論ᄒ면卽소로몬의箴言이니云ᄒ되

汝가某業의勤ᄒ는者를不見ᄒ얏느냐勤業ᄒ는者는王者의前에立

ᄒᆞ고賤者의前에不立ᄒᆞ다ᄒᆞ니此乃勤勉은富貴의惟一良策이라云
ᄒᆞᄂᆞᆫ文句라詳細히解得지는못ᄒᆞ얏시나氏가五人帝王을面謁ᄒᆞ얏
고特히덴마ー구國王과同床陪食ᄒᆞᆫ光榮이有ᄒᆞ니라
英國俚諺에昌榮을冀ᄒᆞᄂᆞᆫ人은妻를擇ᄒᆞ라ᄒᆞ더니此語가正히氏를
不欺ᄒᆞᆫ格言이로다다리ー도ー妻가氏를助力ᄒᆞ야事務를處理ᄒᆞᆷ이或
冊子도製造ᄒᆞ며或商店도守護ᄒᆞ며且蔽衣休紙等을一一히積置ᄒᆞ
얏다가此를賣却ᄒᆞ야些少의收益이有ᄒᆞ니其勤儉ᄒᆞᆷ이氏와恰如ᄒᆞ
며又婢僕도惰怠ᄒᆞᆫ者가無ᄒᆞ고家中器具ᄂᆞᆫ質素價廉ᄒᆞᆫ者를用ᄒᆞ야
土製의器皿과錫製의匙箸오食品은麥餅과牛乳를供ᄒᆞ더니一日은
食堂에至ᄒᆞᆫ則卓上에清國製造品의銀匙와器皿이有ᄒᆞᆫ지라此를見
ᄒᆞ고大驚ᄒᆞ야曰一介八九圓의貴物을一次相議도無ᄒᆞ고買入ᄒᆞ야理
由를得聞코자ᄒᆞ노라妻가答ᄒᆞ되隣家某人도此等物品을使用ᄒᆞ거
늘況吾家ᄂᆞᆫ使用ᄒᆞᆯ資格이엇지此에만止ᄒᆞ리오ᄒᆞ고爾後로財産의
增富를隨ᄒᆞ야漸次高價物品을買入ᄒᆞᆷ이畢竟幾千百圓의貴品名器

를使用홈에至호나라

元來氏는長老敎會派의敎養을受호얏시나神明不易撰擇及廢棄(神

은人을撰擇호며或棄捨홈을云홈等의敎條를承認치못호얏시며且

其他疑問的條件이有홈으로自初로會席에不叅호고特히日曜日은

勉學日로定호얏시나宗敎主意를全廢홈은아니니假令眞神이在上

호야天地를統治호는事와又神에게嘉尙을受코자호는事業은他人

에게善事를行홈에在호事와吾人의靈魂은悠久히不滅홈으로罪惡

의人은罰을受호고善行의人은慶을受호다는等事를確信호얏시니

蓋此等事는一般宗敎의通則으로思惟홈이라時에國中에在호宗敎

가深淺厚薄의程度가各殊호되氏는此를擧皆崇敬호나彼各宗敎의

互相和合지못홈은道德의大本을關係홈이無호所以러라

伊時에氏는完全호德性을修호야過誤가無호生涯를成코자決心호

고一事에注意홀時는他事를案出호면想像보다實行기難홈을豫度

호야但히道理上으로是非曲直만辨識호면不足의嘆이不無호겟기

47

로自來의惡習을改良ㅎ고善美혼習慣을養成ㅎ야方正혼品行을得

홀目的으로左에目錄을揭ㅎ야養德에盡力ㅎ더라

第一遵節、 昏迷에至ㅎ기까지飽食、暴飲을勿爲홀事

第二沉默、 己를益케ㅎ거나人을益케ㅎ는事ㅣ아니면言치말며謹
愼ㅎ야雜談을避홀事

第三順序、 諸般物品은處所를一定ㅎ며行事는其時를勿失홀事

第四決意、 自己가行ㅎ는此를決行ㅎ며一次決行ㅎ는此는必
遂홀事 .

第五節儉、 己에不利ㅎ며人에加害ㅎ는事에는毫厘도勿費홀事

第六勤勞、 恒常有用의事를從ㅎ고無用의事에는時間을勿費홀事

第七誠實、 虛言을勿發ㅎ며邪心을勿起ㅎ고言詞는誠恪을主홀事

第八正義、 害惡을行ㅎ거나當行홀善業에惰怠ㅎ야人으로禍害를
被케홈이無홀事

第九溫和、 粗暴혼行爲를自戒ㅎ며他를因ㅎ야受害홈이有ㅎ거던

48

怒치말고或己의自招인가反省홀事

第十淸淨、自體衣服住所를不潔케勿爲홀事

第十一寧靜、奇怪호事에動心호거나或如何호變亂의事라도勿驚홀
事

第十二貞操、濫蕩을愼戒홀事

第十三謙退、耶穌와索剌德을學홀事

右諸般德行은一時에養成기難홈이漸次로追條修習호면完全호結
果를得홀지라故로事項의難易를依호야前後順序를定호고一을修
了호거든其次에눈容易호意見을案出호니假令第一遵節을因호야
精神을快活히호면第二沉默을修홈이一層容易홈이라談話홀際에
舌을動홈보다耳를傾호면所得이不少호며德性을養成호눈時눈知
識의開發을得홀지라故로沉默을第二로定호며次의順序눈卽吾人
의企業及勉勵호눈時間을給與홈이오又決意가一次習慣이된時눈
以下諸德을修養홈에盡力호눈것이可호며節儉과勤勞눈負債를免

호야豊饒와獨立을得호며誠實正義를行호는補助가되느니如斯히

호면第十三德을涵養기可호니라

此修德을實施홈은비사고라스의勸告를從호야日로檢査를濟호니

其方法은小冊子를製造호야每葉에縱橫線을引호고線上部에七曜

를記호며右側에는十三德의目錄을列記호야每日言行을點檢호되

過失이若有혼時는黑點을撿호야永久히紀念호더라

如斯히每日十三德目錄에注意호되特히一週間內에修養호는德中

에過失이無호기를勉勵호야一週間에黑點이無혼時는第二德을修

홀지니以上十三德을十三週間에修養호면一年에四次에及호느니

譬컨디庭園의雜草를刈除홀時에第一隅로始호야全園을刈盡호는

手段과如호도다

小冊에記호는金言

吾身이此處에寄在호오니聖神이爲我來臨호시면疑慮處가決無

호오

우리聖神來臨ᄒᆞ시면天地間에森羅萬有ᄂᆞᆫ同聲相應歡迎ᄒᆞ오

來臨ᄒᆞ신우리聖神善德者를嘉尙ᄒᆞ시데

聖神이喜悅ᄒᆞ시ᄂᆞᆫ善德을修養ᄒᆞᆷ은幸福되ᄂᆞᆫ本道로셔

〔右게ー도ー作〕

知慧ᄂᆞᆫ右手에長壽를提ᄒᆞ고左手에幸福을携ᄒᆞ며

其道를從ᄒᆞᄂᆞᆫ者ᄂᆞᆫ歡樂을得ᄒᆞ고其路로由ᄒᆞᄂᆞᆫ者ᄂᆞᆫ平康을得ᄒᆞ

ᄂᆞ니라

〔右소로몬箴言〕

又聖神은知慧의本源이되ᄂᆞ니知慧를得기爲ᄒᆞ야聖神의佑助를希

望ᄒᆞᆷ은極當ᄒᆞ고必要ᄒᆞᆷ으로思ᄒᆞᄂᆞᆫ故로左와如히簡短ᄒᆞ祈禱詞를

製述ᄒᆞ야小冊에記載ᄒᆞ고每日祈禱時에讀ᄒᆞ얏노라

欽哉라至能至仁ᄒᆞ시고恩寵慈悲ᄒᆞ신聖父여願컨딕福祿을收獲

ᄒᆞᆯ知慧를余에게加給ᄒᆞ소셔

知慧를指示ᄒᆞᄂᆞᆫ事를斷行케ᄒᆞ시면聖神이永久히優渥ᄒᆞᆫ恩惠를

報酬ᄒᆞᆯ지니聖神이盡力ᄒᆞ시ᄂᆞᆫ衆兒中에余의誠實을洞察ᄒᆞ소셔

51

又돈손詩中에셔撰出호祈禱文이如左홈

光明호신生命의우리聖父여, 無雙호신聖神이로셔

善道눈何物을指示호심인가, 我等에게敎授호소셔

愚痴호事를虛誇호며, 惡行을爲事호눈吾身은, 聖神의大手로救濟

호소셔

知慧와平安을具備홈은, 無窮無極호신德澤이로셰

聖神의眞實호신福祿을, 우리靈魂에補充호소셔

順序規則을實行호되每日에時間을定호야一月이一日과如호고一

年이一月과如호더라

右方法을依호야修養호더니料外에過失의黑點이十餘多數에至호

지라改善기를熱心호야終乃黑點이無케호니라然이나順序一德은

如意히修養치못홈으로辛苦가不少호얏시니此눈事務가繁劇호야

時間의規律을一定치못호所以라順序一德을畢竟廢호意向이不少

호더라

此隣에鉄工塲이有ᄒᆞ니一日은鉄斧製造기를托ᄒᆞᄂᆞᆫ者ㅣ有ᄒᆞ되其

斧의全體에閃惚ᄒᆞᆫ光澤이有케ᄒᆞᆷ을要ᄒᆞᄂᆞᆫ지라鉄工이云ᄒᆞ되君이

此機輪을轉回ᄒᆞ야暫時工力을助佑ᄒᆞ면其製造가十分容易ᄒᆞ야貴

意에適合ᄒᆞᆫ鉄斧를得ᄒᆞ리라ᄒᆞ되該人은幾許의力을費ᄒᆞ야此機械.

의輪을轉回ᄒᆞ다가終來疲勞를不堪ᄒᆞ야曰全面이光澤ᄒᆞᆷ보다班點

이有ᄒᆞ斧가好ᄒᆞ다稱ᄒᆞ고歸ᄒᆞ얏시니此를推思ᄒᆞ면世人의做事가

艱難ᄒᆞᆫ境遇를當ᄒᆞᆷ의其本心을不變ᄒᆞᄂᆞᆫ者ㅣ寡ᄒᆞᆫ지라氏도養德의

一時困難을因ᄒᆞ야此人과如히半途의廢止ᄒᆞᆯ思想을起ᄒᆞ얏거니와

諸德이全備ᄒᆞᆫ時ᄂᆞᆫ世人의憎惡와嫉妬를受ᄒᆞ며且聖人도過失이亦

有ᄒᆞᄂᆞᆫ等說를主唱ᄒᆞ야當初所望을廢止코자ᄒᆞᆷ은至極히愚痴ᄒᆞ

事ㅣ라稱ᄒᆞ더라

此順序의習慣은意와如케到底히修養치못ᄒᆞ얏시나其力이不無ᄒᆞ

야七十餘歲에至ᄒᆞ더록不少ᄒᆞ利益을收ᄒᆞ얏시니節制로因ᄒᆞ야健

康을得ᄒᆞ고勤勞와節儉을因ᄒᆞ야豊裕를致ᄒᆞ故로有益ᄒᆞ市民이되

며聲譽가有ᄒᆞ學者가되고誠實과公議ᄂᆞᆫ氏로ᄒᆞ여금一國의信用을

受ᄒᆞ야高貴ᄒᆞ地位에登ᄒᆞ얏시나溫厚ᄒᆞ氣質과快活ᄒᆞ談話로人을

應接ᄒᆞᆷ의靄然ᄒᆞ春風을對ᄒᆞᆷ과如ᄒᆞ더라

氏의十三德은宗敎에도可히應用ᄒᆞ지며且解義가甚히簡短ᄒᆞ야了

解기容易ᄒᆞ지니라

一友人이氏에게忠告ᄒᆞ야曰君은懶慢ᄒᆞ性質이少有ᄒᆞ다云ᄒᆞ거ᄂᆞᆯ

此後로謙遜의德을修養ᄒᆞᆷ에注意ᄒᆞ야五十年來로懶慢ᄒᆞ言語를發

ᄒᆞ바ㅣ無ᄒᆞ며往往事業을企圖ᄒᆞᆯ時ᄂᆞᆫ市民의贊成을受ᄒᆞ고且議員

이된時ᄂᆞᆫ職務에勤勵ᄒᆞᆷ을因ᄒᆞ야恒常議會의勢力을得ᄒᆞ더라

何人을勿論ᄒᆞ고如此히自然ᄒᆞ性質의懶慢을改良기爲ᄒᆞ야心을煩

惱케ᄒᆞᆯ者ㅣ無ᄒᆞ며設或此를改良ᄒᆞᆯ者ㅣ有ᄒᆞ야도其根脉을時로發

見ᄒᆞᄂᆞ니만일此를全治ᄒᆞ고謙遜을修養ᄒᆞ얏다自誇ᄒᆞᄂᆞᆫ人은反히

慚愧ᄒᆞ心이有ᄒᆞ지로다

前日英國으로부터歸航ᄒᆞ時에中路에셔一策을案出ᄒᆞ事ㅣ有ᄒᆞ의

54

此를說明할지나一七三一年五月에某書店에閲覽한一史눈氏의腦

際에浮沉하눈思想과關係가有하기로먼져此를記載하노라

一各黨派눈各其所見을公益이라確信하나或不然한思想이有한

事、

一諸黨派가各其不同한意見을抱持한故로異論이百出하야紛紜

複雜한事

一各黨派눈其公益을圖할時에各其自己私益을計한事

一一黨이其目的을達하다가私益을經營함이汲汲으로更히小

黨派를分하야畢竟其紛紜한狀態가亂麻와如한事

一何等巧事를用하야國의福祉를目的한다호딩眞實히公事에奔

走함이아니오國家에利益이或有하야도畢竟은私利와暗密相

合하눈事

一同一祖先의眞正한福을標準하야公務에就하눈者ㅣ少하事

當時氏눈世界에德行이有하고慈善한人士를結合하야德義協會

라ᄒᆞᄂᆞᆫ一大團體ᄅᆞᆯ組織코자ᄒᆞᆷ이此ᄂᆞᆫ神意에適當ᄒᆞᆫ事인故로其

成就ᄅᆞᆯ確信ᄒᆞ더라

此事에關ᄒᆞ야時時로起發ᄒᆞᆫ思想ᄅᆞᆯ片紙에記錄ᄒᆞ야藏置ᄒᆞ얏더니

其後에太半이나闕失ᄒᆞ얏시나幸히其綱領이在ᄒᆞ기로左에揭ᄒᆞ니

此綱領은諸宗敎의要旨ᄅᆞᆯ包含ᄒᆞᆫ故로應用ᄒᆞᆷ을可得ᄒᆞ리라

第一萬物을創造ᄒᆞ신獨一의聖神이存在ᄒᆞ신事

第二聖神은其攝理ᄅᆞᆯ依ᄒᆞ사世界ᄅᆞᆯ統治ᄒᆞ시ᄂᆞᆫ事

第三聖神은人類로부터尊崇祈願感謝等의敬語ᄅᆞᆯ受ᄒᆞ신事

第四聖神이最히嘉尙ᄒᆞᆷ은吾人이他人에게對ᄒᆞ야善德을行ᄒᆞᄂᆞᆫ 事

第五靈魂은永久히不滅ᄒᆞᄂᆞᆫ事

第六聖神은現世와未來에善을賞ᄒᆞ며惡을罰ᄒᆞ시ᄂᆞᆫ事

右會員은單獨ᄒᆞᆫ身의靑年을募集ᄒᆞ야十三德을遵奉케ᄒᆞ야其德性

을涵養ᄒᆞᆯ事와入會人은品行이方正ᄒᆞ고才學이秀顯ᄒᆞᆫ者ᄅᆞᆯ加入ᄒᆞᆯ

事의條目을設ᄒᆞ되此會가繁昌ᄒᆞ기ᄭᅡ지極히秘密홈을爲主ᄒᆞ며相

適지아닌人은入會를禁ᄒᆞ고會員은互相間勸獎ᄒᆞ며忠告ᄒᆞ야各其

利益을圖ᄒᆞ고業務를勤勵ᄒᆞ되特히節儉을守ᄒᆞ야負債에陷ᄒᆞᄂᆞᆫ事

가無케ᄒᆞ며罪惡의地를離ᄒᆞ야德義의圍에셔遊ᄒᆞᄂᆞᆫ安樂自由를得

케ᄒᆞᆯ目的으로此會ᄂᆞᆫ安樂自由로名稱ᄒᆞᆯ事ᄭᅡ지豫筭ᄒᆞ더라

然이나時에氏의不足ᄒᆞᆫ事情과職業의無暇홈을因ᄒᆞ야此經營을實

行치못ᄒᆞ고永久히烏有에付ᄒᆞ니라

一七三四年에「리차ー도,손다ース」歷書를發刊ᄒᆞ야二十五年을繼續

ᄒᆞ얏시니世間에셔「부ー아리자ー도」라稱ᄒᆞᄂᆞᆫ歷書가卽此라此歷書

ᄂᆞᆫ但日月만記載ᄒᆞᆯ뿐아니오每日敎訓되ᄂᆞᆫ金言을多數記入ᄒᆞᆫ故로

世間에神益이不少홈이年年萬餘部를賣ᄒᆞ야多大ᄒᆞ利益을收入ᄒᆞ

ᄂᆞ라本州ᄂᆞᆫ勿論ᄒᆞ고近隣諸州에도購覽치아니ᄒᆞᄂᆞᆫ者ー無ᄒᆞ얏시

니此ᄂᆞᆫ一卷書도買覽치아니ᄒᆞᄂᆞᆫ人民을敎諭ᄒᆞᄂᆞᆫ一妙策이되며且

勤勞,節儉,富殖,建德等에關ᄒᆞᆫ事를諺文으로記入ᄒᆞ얏시니其一例를

擧ᄒ건ᄃᆡ 正直지 아니ᄒᆞᆫ 人은 事業을 成기 難ᄒᆞ며 空虛ᄒᆞ 布帛ᄂᆞᆫ 直立기 不能ᄒᆞ다ᄂᆞᆫ 等 句語ㅣ러라

世界古今에 有名ᄒᆞᆫ 俚諺을 蒐集ᄒᆞ야 此에 一老翁의 演說이 市場內萬人의 耳를 驚케ᄒᆞᄂᆞᆫ 意趣를 著述ᄒᆞ야 一七五七年 曆書附錄에 加入ᄒᆞ故로 讀者로ᄒᆞ여금 一層感情을 起發케ᄒᆞᆫ지라 此附錄이 一次發行됨이 果然 大喝采를 得ᄒᆞ고 米大陸諸新聞은 互相競爭ᄒᆞ야 此를 記載ᄒᆞ며 英國은 此를 大紙에 印刷ᄒᆞ야 保存ᄒᆞᆷ에 便利케ᄒᆞ고 法國은 此를 二種으로 譯ᄒᆞᆷ이 僧侶及鄕士等이 多數 買入ᄒᆞ야 其信徒及 農人에게 分與ᄒᆞ며 펜실뷔아 人은 此附錄을 論評ᄒᆞ야 曰 州內에 財政이 增殖ᄒᆞᆷ은 全혀 此附錄의 効力이라ᄒᆞ더라

且 新聞紙ᄂᆞᆫ 敎訓을 勸ᄒᆞᄂᆞᆫ 手段을 付ᄒᆞ야 或 스벡델과 其他道德學者의 論文에 金言玉語를 摘載ᄒᆞ며 或氏가「잔도ー」會에셔 誦讀ᄒᆞᄂᆞᆫ 語와 或氏의 自著ᄒᆞᆫ 文句를 揭載ᄒᆞ얏시니 其一二例를 擧ᄒᆞ면 소구라데스의 問答이니 卽 人生은 才能이 有ᄒᆞᆯ지라도 性質이 不良ᄒᆞ면 人이라 稱

키不可ᄒ며德行의慣習이無ᄒ면有德者라稱키不能ᄒ다ᄂ等文句러라

氏의新聞上에ᄂ近年新聞과如히名譽를毁損ᄒᄂ讒言과私怨에關ᄒ事ᄂ一切記載치아니ᄒ고他人이或惡德에關ᄒ事를記載ᄒ을請求ᄒᄂ者ㅣ有ᄒ면氏가答ᄒ야曰足下의所關이緊切ᄒ진ᄃ別紙에印刷ᄒ지니足下가親히分傳ᄒ라余社ᄂ株主에게對ᄒ야公益에關ᄒ事와滋味가有ᄒ事만記載기로相約ᄒ얏심이私交上의怨恨爭論等事ᄂ揭載치아니ᄒᆷ이通常慣例로定ᄒ얏다云ᄒ더라

時에諸社記者ᄂ無難히他人의請求를受ᄒ야其私憤에關ᄒ等事를記載ᄒ으로畢竟은互相決鬪케ᄒ事도有ᄒ며或鄰政府에關ᄒ事를記ᄒ뿐不是라甚히親密ᄒ同盟州의行動을誹謗ᄒ事가有ᄒ니此로殷鑑을作ᄒ야如此卑劣ᄒ筆硯으로其職業을汚辱지말지어다ᄒ더라

一七三三年으로부터外國語를研究ᄒ시法語를能解ᄒ야其書冊等

을能讀ᄒ얏시며次에伊太利語를學ᄒ시同窓人의誘引을被ᄒ야圍碁로消遣ᄒ믐이時間의所費가不少ᄒ지라氏가一策을案出ᄒ되勝者는負者에게對ᄒ야文典一部講誦을命ᄒ며或此로因ᄒ야鍊習에未及ᄒ課程은次回ᄭ지熟習케ᄒᄂ權이有ᄒ며若此를不從ᄒᄂ人은一切謝絶ᄒ기로締約ᄒ얏더니勝負가相半ᄒ믐이兩人이互相勉勵ᄒ야不久에該語學을能解ᄒ고該書冊等을能讀ᄒᄂ라幼時에羅甸語를學習ᄒ다가廢止ᄒ얏더니法,伊,西諸國語를學得ᄒ後에再次羅甸語로記ᄒ뺄經을閱讀ᄒ야ᄯᅩᄒ解得ᄒ더라

右經歷을因ᄒ야語學敎授法의不適當믐을始感ᄒ니通常人의所言에ᄂ近世歐洲諸國語가其源이다羅甸에서發ᄒ얏신則學者一爲先此를學ᄒ이緊切ᄒ다ᄒ나氏ᄂ獨히此語를贊成치아니ᄒ더마大抵高梯에上ᄒ時에其段階를不由ᄒ고其端에登코자ᄒ면決코日的을不達ᄒ나然則段階로由ᄒ이甚히容易ᄒ며且安全믐을得ᄒ거늘世人은此를不思ᄒ고突然히數年間에羅甸語를學習ᄒ다가中途

에廢ᄒ야毫末도其効力을得ᄒᄂ者ㅣ無ᄒ니此等事ᄂ其當局ᄒ者

ㅣ不可不反省ᄒ者ㅣ니라青年後輩ᄂ徒然히舊法을膠守ᄒ야千金

과如ᄒ光陰을消費치말고最先法語를學ᄒ고次에伊太利羅甸語에

及ᄒ야其成功順序를從ᄒ이可ᄒ니如是ᄒ則或不幸ᄒ야羅甸語를

學習지못ᄒ지라도今世에有益ᄒ語學은學得ᄒ지니라

此時에氏의生活이豐富ᄒ으로約十個年을經ᄒ야故鄉에歸ᄒ야父

母故舊의安否를親問ᄒ고今昔의情懷를談話ᄒ야互相間歡樂ᄒ意

를極ᄒ고歸路에뉴ㅣ욕도를過ᄒ다가뎀스兄을訪問ᄒᅙ前日不和

ᄒ思想을全히忘却ᄒ고甚히鄭重ᄒ待遇를受ᄒ야融融ᄒ和氣로兄

弟間愛情이비로소充溢ᄒ이欣喜를不堪ᄒ얏시니時에兄은年老氣

衰ᄒ으로餘年이自邁ᄒ줄覺ᄒ고其一子十歲兒를氏에게遺托ᄒᄂ

지라即時同歸ᄒ야數年間學校에서普通教育을授業ᄒ고伊后ᄂ兄

의遺言을因ᄒ야印刷業에從事케ᄒ시氏가前日兄과期限前에相離

ᄒ야奉行치못ᄒ事業을補佑ᄒ더라

氏의出身은一七三六年에州會의書記로被任ᄒᆞ시初會에는滿場이

一同으로氏를選擧ᄒᆞ얏고其年改選時에도衆望이氏에게歸ᄒᆞᄂᆞ지

라一議員이氏를反對ᄒᆞ야激烈히攻擊ᄒᆞ나畢竟氏가被選되니此에

對ᄒᆞ俸給은多額이안이로되親密ᄒᆞ某議員의盡力을因ᄒᆞ야投票紙

와紙幣等製造를一任ᄒᆞ故로多大ᄒᆞ利益을收入ᄒᆞ더라

氏가敎育도有ᄒᆞ며財産도有ᄒᆞ며且議會場에도快活ᄒᆞ

一議員에게反對를受ᄒᆞ이心에甚히不快ᄒᆞ나世間의輕薄子弟와阿

附諂諛ᄒᆞ은不可ᄒᆞ지라於是에一策을案出ᄒᆞ얏시니卽彼家의珍書

藏置ᄒᆞ을得聞ᄒᆞ故로書簡을裁送ᄒᆞ야數日間借給키를請ᄒᆞ얏더니

卽時借送ᄒᆞ지라一次閱覽ᄒᆞ後感謝狀을添付ᄒᆞ야還完ᄒᆞ얏더니其

議會堂에逢着ᄒᆞ즉往時一言의酬酢도無ᄒᆞ던人이卒然히親密ᄒᆞ야

終果에完全ᄒᆞ交際의誼를結ᄒᆞ고此를因ᄒᆞ야古諺의眞理를解釋ᄒᆞ

얏시니其諺에曰一次親切ᄒᆞ者는後에過分ᄒᆞ事가有ᄒᆞ지라도不厭

ᄒᆞ다ᄒᆞ며怨으로써怨을報ᄒᆞ보다兩便의適意를除去ᄒᆞ이有益ᄒᆞ다

흠이러라 旣往氏가 후야데후하에 在홀時에 우오루지냐 州知事佐官

스펏쓰ー도가 驛遞總長을 被任하야 會計上 疎忽한 事로 免職한 后氏

가 其任을 被命하니 此職은 俸給이 不厚하나 驛遞의 全權을 掌握한 故

로 我新聞의 通信上 便益이 不少흠을 因흠이라 氏가 此一條를 詳記흠

所以는 如何한 他人이던지 他人을 爲하야 業務를 實行홀진디 其計算을

精密詳細히 흠이 可흠으로 覺悟케 흠이라 此一事에 不怠하는 時는 外

他一層 高遠한 事業에 移하는 通路가 自開하야 榮光에 達홀지라

今에 氏가 公共事業에 關한 思想을 陳述홀지니 其順序는 小事로 先始하

야 漸次로 大事에 終하나라

第一 氏의 腦裡에 發한 思想이니 本府眞大法에 關한 事라 此는 自來로

各取締役에셔 處理하야 每夜에 其管理內家主를 召集하야 不處의 變

을 豫備하며 差出役을 不從하는 者는 一年에 六志（約二圓）를 出하야 該

金으로 他人을 雇入흠이러라

然이나 此取締役은 市內無賴의 輩를 雇入하야 若干 酒債를 給與하는

故로實費는募集金總額을不要ㅎ며該人夫도또ㅎ放蕩ㅎ故로品行

이少有ㅎ市民은行伍에同惡기를不肯ㅎ고出金免役흠으로反히其

取締役等에私益을補充흘뿐不是라所謂蕃人은醉酒에從事ㅎ고巡

行에不勤ㅎ니其組織이不完全흠은誠是可驚흘지라氏가此事를記

述ㅎ야「잔도—」會에提出ㅎ고特히代役錢의公平치안이흠을論ㅎ야

曰此徵收法을見ㅎ죽貧富를不論ㅎ고赤貧흔孀婦와巨萬富人의同

一흔金額을徵收흠이不可ㅎ다ㅎ며氏가新案을提出ㅎ야曰蕃人은

適當흔者를擇ㅎ고其費用은財産의多寡를依ㅎ야出金흠이可ㅎ다

흠이全會가此問題를크게贊成ㅎ얏시나此를實施흠은人民의思想

을從ㅎ야時機를待ㅎ니라

此時에氏는世間의失火가專히過誤와不注意의結果—라稱論ㅎ說

과其豫防法을製述ㅎ야「잔도—」會에提出흔後此를印刷ㅎ야世間에

公佈ㅎ얏더니世人의贊翼을得흔지라有志者三十人과共同ㅎ야一

消防組織을編成ㅎ고且規約을設ㅎ며皮桶堅袋什物運搬器等은擔

當保管人을定ᄒ야火鍾을聞ᄒ時ᄂ迅速히携持ᄒ고火場에出ᄒᄂ
制度를設定ᄒ얏시며又ᄂ每日一回式會集ᄒ야此를鍊習케ᄒ되此
會에欠席ᄒᄂ者ᄂ罰金을徵出ᄒ야該金으로龍吐手와梯子及毀撤
器等을購買케ᄒ故로不久에如干器械가設備되야此府와如히消防
法의完備ᄒ處가更無ᄒ더라此組織을創設ᄒ以後로火災에罹ᄒ者
一全無ᄒ은아니나一二家延燒에不過ᄒ얏시며此效力이頗著ᄒ으
로加盟ᄒᄂ者ㅣ日日添加ᄒᄂ지라此를勸喩ᄒ야特別히一組를更
히編成ᄒ니資本家ᄂ此를模範ᄒ야組合을連續編成ᄒ더라

第七章

氏의職務ᄂ漸次로繁昌ᄒ고且新聞의勢力이日月로增加ᄒ야遠近
에敵手가無ᄒ地位를占得ᄒ故로最初에百磅錢의利益이有ᄒ얏시
면次回에其二倍의利益이有ᄒ니理財上眞理를得ᄒ얏다可云ᄒ리
로다

前時에가로라이나州地에弟子를派遣ᄒ야分工場을設立ᄒ얏더니

幸히成工ᄒ고更히他州에設置ᄒ야約六個年間은本所活字를買去

기로締約ᄒ고多年事務에勤勞ᄒ던者를分遣ᄒ야各地에營業케ᄒ

얏더니모다成工ᄒ야其一家를維支케되얏더라故로共同事業을營

爲ᄒᄂ諸人에게對ᄒ야一言을敬告ᄒ되原始에盤石갓치信用ᄒᄂ

事가有ᄒ지라도利益上에一次公平치아닌事가有ᄒ오면互相憤激

ᄒ야畢竟訴訟싸지提起ᄒ이有ᄒᄂ니엇지不幸ᄒ事ㅣ아니리오自

初로謹愼ᄒ야堅固ᄒ條約을締結ᄒ지어다

全體에對ᄒ야思量ᄒ면氏가벤실부아니아에住居ᄒ은本州人民의

不少ᄒ幸福이라足云ᄒ겟도다本州에兵學校及高等學校와本州護

衛兵을養成ᄒᄂ設備가無ᄒ야青年後輩로ᄒ야곰高等學科를敎授

기不能ᄒ지라

一七四三年에中學校建設ᄒ計劃으로리자루도ᄒ다法敎師와相議

ᄒ디師ᄂ州土所有會社에勤務ᄒ이有益ᄒ다ᄒ야氏의所請을拒絕

ᄒᆞ는故로中止ᄒᆞ고翌年에一理學會를發起ᄒᆞ나라

防衛事에對ᄒᆞ야一論을擧ᄒᆞᆫ딩數年前으로부터西班牙와英國이

戰爭을繼續ᄒᆞ고其后에佛蘭西가參加ᄒᆞ니其危急存亡ᄒᆞᆷ이目下에

來到ᄒᆞᆫ故로도마스 知事ᄂᆞᆫ心身을勞ᄒᆞ야非戰說을固守ᄒᆞ고本州友

徒를誘勸ᄒᆞ되一次成功이無ᄒᆞ지라氏가更히新案을提出ᄒᆞ야有志

者를糾合코자ᄒᆞ며且簡明ᄒᆞᆫ一小冊子를著述ᄒᆞ니其主旨ᄂᆞᆫ即本州

가危險ᄒᆞᆫ地位에在ᄒᆞᆫ즉我州民은協力同心ᄒᆞ야防衛ᄒᆞᆯ計策을準備

ᄒᆞᆷ이必要ᄒᆞᆫ事를痛論ᄒᆞ고兼ᄒᆞ야一會를開始ᄒᆞ야同盟者를募集ᄒᆞ

ᄂᆞᆫ意로廣佈ᄒᆞ얏더니幸히公衆의贊賛을得ᄒᆞᆫ故로氏도此會에斡旋

者가되나니라

二三友人과協議ᄒᆞ야共同義兵組織案을抄出ᄒᆞ야市民의會集을促

催ᄒᆞᆷ이果然滿場來集ᄒᆞᄂᆞᆫ지라氏가本件에對ᄒᆞ야主旨를辨論ᄒᆞ고

因ᄒᆞ야草案을朗讀說明ᄒᆞᆫ后其草案을印刷ᄒᆞ야各處에分給ᄒᆞ고會

集人의意向을叩問ᄒᆞᆫ즉一人도異議가無ᄒᆞ지라即時名簿錄을編成

호니一千二百人에達호고且各地方에贊助者ㅣ九千人이러라此後

로同盟人은兵器를調達호며隊伍를編成호고將校를選定호야體操

와兵式을學習케호니婦人社會에서도旗幟類를捐助호야贊成호는

意를表호더라후야델후야의諸將校가氏를總督으로選擧호는지라

氏가其資格의不合홈을辭호고當時名望이有호로ㅣ렌스에게讓渡

호니라

砲臺를築호고大砲를整置호서其經費는彩票를發賣호야充用호며

砲臺는市外에建築호며大砲는싸스돈으로부터古製物을買來호고

其不足호者는倫敦에注文호니라時에州內地所有者에게捐助를請

求호되其應募與否는不關호더라

總督로ㅣ렌쓰아렌아부라함데라와共히紐育에往호야구린도知事

에게大砲貸給기를相議혼죽知事는承諾지아니호더니後에六門을

貸與호며且知事의醉昏혼時間을乘호야四門을加貸호얏시며最終

에八門을復得호야砲臺에歸藏호고每夜에交遞守備호서氏도此役

에服務ᄒᆞ더라氏의活動이其目的을達ᄒᆞᆫ故로知事와恭會者의信用

을得ᄒᆞ야義兵事에關ᄒᆞᆫ事ᄂᆞᆫ細大를不論ᄒᆞ고氏에게諮問ᄒᆞ니宗

敎의援助를因ᄒᆞ야氏의事業이日就月將ᄒᆞ고又皇天에祈福ᄒᆞ기爲

ᄒᆞ야斷食令을發布ᄒᆞ야義兵으로ᄒᆞ야금此를奉行케ᄒᆞ事案을知事

에게相議ᄒᆞ야同意를得ᄒᆞ얏시나書記官의前例가無ᄒᆞ기로決行치

못ᄒᆞ얏거니와往年에氏가英國에滯在ᄒᆞᆯ時에斷食ᄒᆞᄃᆞᆫ慣例가有ᄒᆞ

故로.解釋기易ᄒᆞ文體와又ᄂᆞᆫ獨逸語로此理由를譯述ᄒᆞ야州中에頒

布ᄒᆞ이諸敎僧侶等이各其信徒를待ᄒᆞ야義兵社에叅入ᄒᆞ이可ᄒᆞ을

說明勸諭ᄒᆞ니라

氏가發起ᄒᆞᆫ義兵事案이非戰論主唱者에對ᄒᆞ야ᄂᆞᆫ不敬ᄒᆞᆫ所爲인즉

彼等의多數關係가有ᄒᆞᆫ州會에셔視務ᄒᆞᆷ이不可ᄒᆞᆫ意로某友의勸告

가有ᄒᆞ며且議員中一知己人이氏로書記代辦기를願ᄒᆞ더니一日은

氏를來訪ᄒᆞ야日州會에셔次回改選時ᄂᆞᆫ君을再選치아니기로內定

ᄒᆞ얏시니今日에辭職自退ᄒᆞ야莫大ᄒᆞᆫ名譽를保存ᄒᆞ라ᄒᆞ거ᄂᆞᆯ氏가

69

答ᄒ되某事務家ᄂᆞᆫ仕宦을不求ᄒᆞ며需用을曾聞ᄒ얏신則

此를同意ᄒᆞᆷ이며且余가更히職을不求ᄒᆞ지며不辭ᄒᆞ지

니彼等이만일余를排斥ᄒᆞ고他人을選擧ᄒᆞ면余何기不能ᄒᆞ나余가

職務를自退ᄒᆞ얏다가再次該會에서復職케ᄒᆞᄂᆞᆫ勞를費ᄒᆞ가恐ᄒᆞ노

라ᄒᆞ얏더니后에右事件에關ᄒᆞᆫ風說도無ᄒᆞ고次回改選時에至ᄒᆞ야

ᄯᅩᄒᆞ被選ᄒᆞ니推察컨디當時州會ᄂᆞᆫ氏가幹事會와親密ᄒᆞᆷ으로不快

ᄒᆞ感情이有ᄒᆞ나義兵社에盡力ᄒᆞᆫ功勞를思ᄒᆞ야敢히擯斥지못ᄒᆞᆷ이

러라州民은心力을盡ᄒᆞ야義兵社를組織ᄒᆞᆷ이加盟ᄒᆞᄂᆞᆫ者ㅣ繼續ᄒᆞ

야豫想外多數에至ᄒᆞ얏시나戰鬪와防禦ᄒᆞᄂᆞᆫ事에對ᄒᆞ야衆論이不

一ᄒᆞ야或反對ᄒᆞ며或贊成ᄒᆞ나前者의反對ᄂᆞᆫ多數로되後論의贊成

이歸一ᄒᆞ며特히某一友의草出ᄒᆞᆫ防戰論은彼徒中靑年으로ᄒᆞ여금

一時常異ᄒᆞᆫ感動을起케ᄒᆞ니라

更히一砲臺를增築ᄒᆞᆯ必要가有ᄒᆞᆷ으로集會를開催ᄒᆞ얏더니火藥會委

員에非戰爭論을主唱ᄒᆞᄂᆞᆫ者ㅣ二十二人이라集會日을當ᄒᆞ야該員

中쳄스모리스가 反對를 惹起ᄒᆞ야曰 我輩는 決코 本案에 對ᄒᆞ야 同意치아닌다ᄒᆯ際에 委員 某某가 氏를 請問 面囑ᄒᆞ야曰 彼反對人의 員數가 我輩의 八分之一이니 其勝利는 吾等에게 終歸ᄒᆞ리니 彼의 主義를 固守ᄒᆷ이 極難ᄒᆞ다ᄒᆞ더라

忽然히 一事를 思得ᄒᆞ얏시니 단갈스라稱ᄒᆞ는 一宗敎派의 巧智가 卽此라 其宗敎開始者는 멧지엘우에후아니氏의 素所親切ᄒᆞ人이라 一日은 氏다려謂ᄒᆞ야曰 我宗敎는 他宗敎의 嫌疑를 被ᄒᆞ야 虛談妄說로 誣攝ᄒᆞ故로 困境을 當ᄒᆞ얏다云ᄒᆞ는지라 氏가答ᄒᆞ되 此는 新聞揭載 手段에 在ᄒᆞ니 此를 防禦ᄒᆯ策은 ᄯᅩᄒ 敎條와 戒規를 公佈ᄒᆷ에 在ᄒᆞ다 ᄒᆞᆫ대 氏가又言ᄒᆞ되 我輩도 前日에 此事를 論議ᄒᆞ얏시나 他ᄒᆞ으로 中止ᄒᆞ얏다云ᄒᆞ니 其所謂理由는 假令 一宗敎派가 起ᄒᆯ當時에는 眞理로 認定ᄒᆞ다가 後에는 詐僞라稱ᄒᆞ며 今日에 詐僞라稱ᄒᆞ던 宗敎派를 後日에 至ᄒᆞ야 眞理라稱ᄒᆞ는 前例가 有ᄒᆞ니 若論理가 進步ᄒᆞ야 光明ᄒᆞ理를 揮發ᄒᆞ는 時는 我輩의 主義도 益益明白ᄒᆞ야 差誤가

漸次消滅홀지라現時는進步가極點에未達홈으로心靈上과神學上

에知識도아직發達치못ᄒ얏시나今에만일其信奉홀條目을確定ᄒ

면此로因ᄒ야反히進步를妨害홀지며且後世末流를推酌ᄒ는者는

開敎者의創始ᄒ바를聖神으로變換기를不肯다ᄒ니此는古今歷

史上의稀貴ᄒ謙讓이어니와彼友徒等은公務에注意ᄒ되皆私己主

義만保全ᄒ고公權을不顧ᄒ는影響이多有ᄒ所以러라

往時에氏가薪炭을節用기爲ᄒ야普通煖爐보다優勝ᄒ者를發明ᄒ

야로바ー도케레스로ᄒ여곰製造發賣케ᄒ며其構造法及利益關係

를說明ᄒ고兼ᄒ야反對者를論駁ᄒ는一小冊을發刊ᄒ야一時好評

을得ᄒ얏시며又도마스知事ᄂ氏의煖爐를贊揚ᄒ야一年間專賣權

을特許ᄒ나氏의主旨ᄂ他人에게利益을與ᄒ에在ᄒ故로此를辭ᄒ

니라

英京某鉄商이氏의煖爐構成法을學得ᄒ야若干變更ᄒ後에專賣權

을得ᄒ야資産을豊富케ᄒ者ー有ᄒ니此를常情으로推究ᄒ면權利

의爭辨이不無ᄒᆞ지나氏는他人과爭論을不肯ᄒᆞ며且某種類를發明ᄒᆞ이專賣를得ᄒᆞ야巨財를取ᄒᆞᄂᆞᆫ되專在치아닌故로此等事ᄂᆞᆫ勿論에置ᄒᆞ니라

氏의燐爐ᄂᆞᆫ벤실뷔아니아州에서用ᄒᆞᆯ뿐아니라諸隣州가取用ᄒᆞᄂᆞᆫ故로薪炭消耗를省畧ᄒᆞᄂᆞᆫ利益을一般世人에게與ᄒᆞ비되니라漠漠ᄒᆞ戰塵이消盡ᄒᆞ고平和狀態를呈ᄒᆞᄂᆞᆫ故로共同義兵社事務도閑暇를得ᄒᆞᄂᆞᆫ지라思想을更히變ᄒᆞ야有志諸友와잔도會員으로互相協議ᄒᆞ고벤실뷔아니아靑年敎育에關ᄒᆞᆫ計劃이라題籤ᄒᆞᆫ冊子를著述ᄒᆞ야有志人士에게無料로寄送ᄒᆞ고其思想을喚起ᄒᆞᆫ後中學設立에加盟者를募集ᄒᆞ야寄附金은五個年間에完納ᄒᆞᆯ方法을設ᄒᆞᆷ의約五千磅(二萬二千五百圓)의巨額을得ᄒᆞ얏시며且加盟者를要ᄒᆞᆯ時에慣用手段을因ᄒᆞ야氏의計劃이라不稱ᄒᆞ고公共精神이豐富ᄒᆞᆫ某紳士의發起로表ᄒᆞ니라如斯히加盟ᄒᆞᆫ中에二十四名의創立委員을選舉ᄒᆞ고此中으로更히大訟師(政府에關ᄒᆞᆫ訟事를幹理ᄒᆞᄂᆞᆫ官吏)를選定

홀시후란시스와 氏가 被任ᄒᆞ야 中學組織事를 立案케ᄒᆞ며 家屋을 借得ᄒᆞ야 校舍로 用ᄒᆞ고 敎員을 招聘ᄒᆞ야 開校ᄒᆞ니 卽 一七四九年이러라 入學者가 連續ᄒᆞ야 校舍가 狹隘ᄒᆞ지라 호잇도히루도의 建築ᄒᆞᆫ 大會堂을 重修ᄒᆞ야 校舍로 補用ᄒᆞ니라 此會堂은 元來 共有物이라 何宗敎派에 所屬處가 無ᄒᆞ고 寄附者의 公選으로 監督 長老 浸禮 及 모레뷔안 諸敎派中에셔 各一名의 委員을 選擇ᄒᆞ야 管理케ᄒᆞ고 若補缺ᄒᆞᄂᆞᆫ 時에ᄂᆞᆫ 各種社會로부터 指名擇差케ᄒᆞ나 意見이 各殊ᄒᆞ야 一致ᄒᆞᆷ을 不得ᄒᆞ얏시며 氏ᄂᆞᆫ 何派에도 關係가 無ᄒᆞ고 且 正實ᄒᆞᆫ 名譽가 有ᄒᆞᆫ 故로 其補缺員으로 被選ᄒᆞ니라 時에 諸宗敎派의 信奉ᄒᆞᄂᆞᆫ 心이 漸衰ᄒᆞ며 又會堂을 維持기爲ᄒᆞ야 負債가 日增ᄒᆞ나 報償의 道가 無ᄒᆞ지라 氏가 一便으로 學校의 委員이 되고 一便으로 會堂의 委員이 되야 兩方이 並히 便宜措處케ᄒᆞ얏시니 會堂의 負債ᄂᆞᆫ 學校가 負擔ᄒᆞ되 會堂讓受ᄒᆞᆯ 事와 但 說敎ᄒᆞᆯ 時ᄂᆞᆫ 使用ᄒᆞᆷ을 得ᄒᆞᄂᆞᆫ 條約을 締結ᄒᆞ얏더니 畢竟 會堂을 占有ᄒᆞ야 夥多ᄒᆞᆫ 敎室을 設置ᄒᆞ

며接近의地를買入호야一層擴張호니라氏家에執事人데뷔도홀이

가有호야營業에勤實호기로家政을專擔호고氏눈校務에全力호니

라

知事에게請호야本校의特別認可를得훈後에英國으로부터寄附金

을受호야資本을增加호며又本州所有者及本州議會로셔土地의增

與를受호야廣潤훈地所를占有호얏시니卽現今후야델후하大學校

基地가是라氏가委員某氏로殆히四十年間을校內에勤務호얏시며

本校에셔敎育을受훈靑年等이現今公私業務에投足호야本州의光

榮을揮揚홈이明星이天漢에皎皎홈과如호더라

右記와如히氏가家業의繁累룰免홈은家産이貧寒치아니훈所以라

自後로餘年을理學講究에從事코자호얏더니曾에벤스博士가英國

으로부터講筵을開設기爲호야携來훈機械를讓受홈으로愉快히電

氣試驗에從事호니라時에世人이氏를閑翁이라指稱호야或各種事

業을委托호눈人士도有호며或官職에選擧호눈政府도有호며或市

長或代議士로選擧호눈議會도有홈이閑翁으로호여금煩翁이되게
호지라氏가自料호되多年州會에在호야書記로視務홀時에他人의
議論을默聽호야愉快흔意味를不覺호얏시니今回에눈代議士를被
命호야一次議場에出席호얏더니終來에興望이氏에게歸홈으로所
求가無호되自然히此事務를擔任호니라
法庭에出호야裁判에干與흔事가有호나氏의法律知識이聽斷에不
足흔故로判事의職務를辭免호고代議士로十年을服務호니라
氏가代議士로被選흔翌年에게이리슬士人과條約을締結호니爲호
야議會의委員과衆事官으로共히該地에出張호라눈命令이來到홈
이議長모리스와共히其任을被호니라
彼士人의通性이酒를喫호야恒常爭鬪를惹起호눈지라先히酒禁令
을佈호고次一約을定호되會議를開홀時에不飮謹愼흔者눈閉議흔
後에快飮을許호리라호니彼輩가約束을一遵호야平穩히議事를結
了호고兩便의滿足흔結果를得흔後에飮酒를許호니會塲集合흔老

幼男女等이流漣三尺ㅎ다가此承諾을得ㅎ이踴躍欣喜ㅎ야枯苗가

沛雨를逢ㅎ과如ㅎ며長鯨이百川을痛飮ㅎ과如ㅎ야五六時를經ㅎ

더니紛擾를起ㅎ야黑色의肉體를半露ㅎ며缺舌의音을大叫ㅎ야半

夜에至ㅎ다가更히氏의旅舘外에集ㅎ야酒를請求ㅎ나氏는不應ㅎ

더라

翌朝에彼等이前夜에過誤를悟ㅎ고二三長老를送ㅎ야其暴行을謝

罪ㅎ니蓋彼等은自己의過失을認知ㅎ나一邊으로飮酒의可否를辨

明ㅎ야曰萬物을創造ㅎ大靈은要用이有ㅎ야諸物을創造ㅎ심이니

旣히創造ㅎ目的을從ㅎ야使用치아니ㅎ면不可ㅎ며且酒를釀造ㅎ

은我인또人으로ㅎ여금飮用에供케ㅎ이라云ㅎ니噫라天이斯土를

耕耘ㅎ는人民을爲ㅎ야土人을自滅ㅎ目的으로酒를使用케ㅎ인가

往昔海岸에棲息ㅎ던遺族은現今影子도不見ㅎ더라

一七五一年에氏와親密ㅎ醫師도마스본도가州內外의貧寒ㅎ者의

疾病을救治기爲ㅎ야후야뎰후하에一病院을建設ㅎ計畫으로加入

者를熱心募集ᄒᆞ나此種事業은當時에新奇ᄒᆞᆫ事業이오又는其効力

을知ᄒᆞᆫ者ㅣ鮮少ᄒᆞᆷ으로此에應ᄒᆞᆫ者ㅣ無ᄒᆞ거늘氏를來訪ᄒᆞ야

曰吾의所營事에對ᄒᆞ야贊成者ㅣ或有ᄒᆞ나但君에게協議與否와意

見如何를先問ᄒᆞ니此를因ᄒᆞ야推思컨ᄃᆡ諸般公共事業이君의關係

가無ᄒᆞᆯ時는決코成功ᄒᆞ니君은余를爲ᄒᆞ야同意를表ᄒᆞ나ᄒᆞ

는지라氏가其事業의性質파効力을詳細히採問ᄒᆞ고卽時加盟ᄒᆞᆯᄲᅮᆫ

不是라熱誠周旋기로決心ᄒᆞ야면新聞上에此事를辯論詳說ᄒᆞ야案

各人思想을開發ᄒᆞᆫ後에着手ᄒᆞ얏시니如此ᄒᆞᆫ手段은본도의能히

出치못ᄒᆞ비러라州會의狀助를得코자ᄒᆞ야寄附人의希望을從ᄒᆞ야

計畫明細表를製造ᄒᆞ고此를議會에提出ᄒᆞ얏더니全會의認定을受

ᄒᆞ故로寄附金이日노增加ᄒᆞ야二千磅(我九千圜)에達ᄒᆞ니其利息으

로도足히貧困ᄒᆞᆫ患者를救療ᄒᆞᆯ지라於是에淸潔ᄒᆞ고便利ᄒᆞ家屋을

建築ᄒᆞ야開院ᄒᆞ얏더니日月을經過ᄒᆞᆷ이其効驗이顯著ᄒᆞ야益益히

繁昌ᄒᆞ니其事業의成就와成功의容易ᄒᆞᆷ이如此기更無ᄒᆞ지라世人

은此病院을氏의發起로認做ᄒ나其實은學士본도의計를因ᄒ이러

라

時에기루보루도,덴도라稱ᄒ는法敎師가來ᄒ야旣往ᄒ잇도ᄒ히

루도의信徒卽長老敎會에屬ᄒ者를集合기爲ᄒ야會堂을建設코자

ᄒ시氏의協力ᄒ을請ᄒ나氏는推思ᄒ되頻頻히寄附金을募集ᄒ면

一般市民의厭惡ᄒ는心을起ᄒ가ᄒ야斷然拒絕ᄒ되法敎師가公共

思想이有ᄒ人士의姓名指示기를又請ᄒ거늘氏가또ᄒ屢次依賴ᄒ

이不可ᄒ으로謝絕ᄒ니法敎師가不得已ᄒ야其方策을募集ᄒ지라卽

ᄒ는지라氏가一妙計를指示ᄒ야畢竟豫想外金額을氏에게要求

時雄大壯麗ᄒ會堂을建設ᄒ얏시니現今弓街上에聳峙ᄒ家屋이卽

此니라

후야델후야市街의家屋은壯麗ᄒ나道路가甚히醜汚ᄒ야雨時에는

車輪이泥滓에沉沒ᄒ으로通行이困難ᄒ고平時에는塵埃가飛散ᄒ

야眼鼻를難開ᄒ는지라氏는죠루시라稱ᄒ는市場附近에住居ᄒ이

人民의 來往困難홈을 見ᄒ고 一時를 難堪ᄒ야 市場 中央에 煉瓦石으
로 一帶行路를 築造ᄒ얏시나 不久에 塵埃가 積堆ᄒ지라 氏가 此를 深
憂ᄒ야 舌端과 筆尖으로 焦禿의 境ᄭ지 說明ᄒ야 市街만 煉瓦石으로
築造ᄒ얏더니 他處로 來ᄒᄂ 車馬의 着來ᄒ 泥土를 受ᄒ야 醜穢를 難
免이라 更히 硏究ᄒ야 一貧寒ᄒ 老翁을 雇ᄒ야 一週間에 二回式 右街
路를 掃除케ᄒ고 一戶가 每日에 六펜스(一펜스ᄂ 我二錢)를 出케ᄒᄂ
說明을 印刷ᄒ야 全市에 發佈홈의 賛成치아니ᄒᄂ者ㅣ 無ᄒ더라
四五日을 繼經ᄒ야 全市에 煉瓦石을 布設ᄒ 事로 意見書를 草ᄒ야 州
會에 提出ᄒ얏시나 討論을 經치못ᄒ얏시니 此ᄂ 氏가 英國에 回航코
자ᄒᄂ 事가 有ᄒ 故라 時ᄂ 一七五七年이러라 又 街燈을 設置코자홀
서 幽暗ᄒ 圓燈 英國俗을 改良ᄒ야 角燈을 製ᄒ니 空氣ᄂ 下ᄅ로 流通ᄒ
고 黑烟은 上으로 騰散ᄒ야 明光이 曉天에 達ᄒ며 且 掃除ᄒᄂ 手數를
減省케ᄒ얏시니 此ᄂ 氏의 功이라 可稱ᄒ겟도다
自來로 米國驛遞總官 下에 在ᄒ야 郵便事務를 管理ᄒ고 屬官을 指揮

ᄒᆞ얏더니 一七五三年에 總官이 死亡ᄒᆞᆷ의 英國驛遞總官으로부터 氏와 위이리암한다로 其任에 充ᄒᆞ니 元來 米國支局은 其收益金을 英國本局에 入치아니ᄒᆞᄂ 故로 事務를 善置ᄒᆞᄂ 時ᄂ 六百磅(我二千七百圓)의 利益이 有ᄒᆞ지라 然이나 此를 實施코자 ᄒᆞ면 事務를 改革ᄒᆞ되 不少의 費用을 娶치아니ᄒᆞ면 到底히 不能ᄒᆞ지라 氏가 着手決行ᄒᆞ얏더니 四年間에 九百磅(我四千五十圓)의 負債가 有ᄒᆞ지라 速히 還償ᄒᆞᆯ 方法을 研究ᄒᆞ얏더니 英國內閣의 更迭을 依ᄒᆞ야 氏의 所帶職을 解任ᄒᆞᆯ 際에 아이루란돈驛遞局의 收益보다 三倍되ᄂ 歲入을 納ᄒᆞ고 爾後ᄂ 官吏의 執務가 善良치 못ᄒᆞᆫ 結果로 一錢도 上納치 못ᄒᆞ얏더라

同年에 氏가 郵便上事務에 所觀이 有ᄒᆞ야 英國에 渡航ᄒᆞ얏더니 켐부릿지大學校에서 氏에게 마스다ー오뷔아쓰 學位를 贈ᄒᆞ며 가네갓도이에루大學校에 ᄯᅩᄒᆞᆫ 同學位의 待遇를 受ᄒᆞ얏시니 此ᄂ 氏가 일즉 物理中電學에 通透ᄒᆞ야 發明改良ᄒᆞᆫ 功이 有ᄒᆞᆷ으로 此榮譽를 與ᄒᆞᆷ이러라

第八章

一七五四年에再次法國과開伏ᄒᆞ危勢가有ᄒᆞᆫ故로英國으로부터各
殖民地에委員을아루바니에派出ᄒᆞ야六大蕃族과共히防禦術을議
ᄒᆞ라ᄂᆞᆫ命이有ᄒᆞᆫ지라本州知事하미루돈이가此意를州會에通知ᄒᆞ
고委員選擧와土人에贈物을請求ᄒᆞᆫ디州會에셔죤베氏와書記官비
ㅣ다ㅣ스로벤실뛰아니아州에委員을選擧ᄒᆞ고議長모리스及氏를
伜往케ᄒᆞᆫ지라氏가中路에셔思ᄒᆞ디共同防禦術이他全體에關ᄒᆞᆫ大
事件이라諸殖民과同盟ᄒᆞ야大政府下에立ᄒᆞᆫ方策을案出ᄒᆞ야紐育
을過ᄒᆞᆫ後此를젬스아레기산다及게네데兩士에게示ᄒᆞ니二人은公
事에鍊熟ᄒᆞᆫ人이라此를甚히贊成ᄒᆞ더라新案을大會에提出ᄒᆞ니他
委員도同一ᄒᆞᆫ方策을案出ᄒᆞᆫ者ㅣ亦有ᄒᆞ더라當時第一問題ᄂᆞᆫ同盟
政府建設의可否니此ᄂᆞᆫ滿場이一致ᄒᆞᆫ意見으로可決되고其次ᄂᆞᆫ各
殖民地로부터一名式委員을擇ᄒᆞ야題出ᄒᆞᆫ諸案件을調査케ᄒᆞᆷ이니

此는氏의案件이採用되야若干改正혼後全議會에報告ᄒ니라

此方策을依혼즉共同政府에는國王이親任ᄒ는大統領이有ᄒ야政

府를統治ᄒ고又는雜事가有ᄒ니此는各地方議會에選定ᄒ는議士

等으로써組織홈이러라右議案과土蕃에關혼議事를日ᄂ로諮議ᄒ야

辯難과攻擊을屢經혼後에可決된지라卽時英國社會及各州會에通

知ᄒ얏더니各州會는此를特權이過多ᄒ다ᄒ며英國은此에共和分

子가饒足包含ᄒ다ᄒ야並히排斥ᄒ고國王에게上奏혼事가無ᄒ더

라然이나異形同質혼團體를組成ᄒ고各州知事는其雜事官과會集

ᄒ야軍隊編成과城壕建築ᄒ는事를執行ᄒ고其費用은英政府로부

더一次支撥ᄒ얏더니後에更히諸州로부터徵收ᄒ나라以上諸案件

과及其關係書類는尙今保存ᄒ야政治書類中에執置ᄒ나라

當時에氏의議案을採用ᄒ얏시면本國及殖民에對ᄒ야多大혼幸福

이不無ᄒ리니何오殖民地를一同코자ᄒ면自衛策의設立을得ᄒ야

本國을煩惱케ᄒᆯ弊가無혼지며又衛兵의經用을辨償기爲ᄒ야租稅

를 收歛ᄒᆞ얏더니 此를 因ᄒᆞ야 腥風血雨의 慘事를 防遏ᄒᆞ이려라

大抵 多端ᄒᆞᆫ 事務를 鞅掌ᄒᆞᄂᆞᆫ 人은 沈思가 少ᄒᆞ고 且新案件執行을 不

肯ᄒᆞᄂᆞᆫ 故로 奇策과 妙案은 時勢의 急迫을 依ᄒᆞ야 採用ᄒᆞᄂᆞ니라

本州知事가 共同政府案件을 明査熟議ᄒᆞ얏다 稱ᄒᆞ야 州會에 交附ᄒᆞ

을 不拘ᄒᆞ고 氏가 欠席ᄒᆞᆫ 時에 某議員의 所論으로 率爾否決ᄒᆞᆷ은 眞實

노 憤限ᄒᆞ 事러라 同年 바스돈港에 往ᄒᆞᆯ 時에 紐育을 過ᄒᆞ 卽 모리스가

本州知事를 被命ᄒᆞ야 英國으로부터 來着ᄒᆞ 故로 相逢ᄒᆞ얏ᄂᆞᆫᄃᆡ 知事

가 氏다려 謂ᄒᆞ되 愉快치 아니ᄒᆞᆫ 政務라도 可히 實行치 아니치 못ᄒᆞ마ᄒᆞ

기로 氏가 答ᄒᆞ되 君이 州會와 爭論이 若無ᄒᆞ면 愉快치 아니ᄒᆞᆫ 事가 何有

ᄒᆞ리요ᄒᆞ되 知事가 其 爭論ᄒᆞᆯ 方針을 問ᄒᆞ야 曰 余의 性質이 議論을 甚

好ᄒᆞ나 君의 忠告를 恪守ᄒᆞ리라ᄒᆞ니 彼의 議論을 好ᄒᆞ다ᄒᆞᆷ은 自己의

雄辯이 巧妙ᄒᆞ야 恒常 議會에 不敗ᄒᆞᆷ이러라

歸路에 紐育에 到ᄒᆞ 卽 新知事가 議會와 紛擾를 起ᄒᆞ고 氏에게 言ᄒᆞ야

曰 君의 勸告를 恪守치 못ᄒᆞ야 此境에 至ᄒᆞ엿다ᄒᆞ더라 氏도 歸府ᄒᆞ 後

에쓰흔 此論議에 添加ᄒᆞ야 紙筆로 問答ᄒᆞᆯ시 時로 過激極端의 辯論과 不遜不敬흔 言語를 發ᄒᆞ고 或 面對ᄒᆞᆯ 時ᄂ 激切흔 言辭를 始ᄒᆞ야 喉裂脣焦흔 後 乃已ᄒᆞ얏시나 知事의 心術은 極히 善良흔지라 公務上 爭論으로 私交上 親密을 損傷ᄒᆞᄂ 事ᄂ 決無ᄒᆞ야 往往 氏와 會食ᄒᆞ며 交誼를 觸傷홈이 毫無ᄒᆞ더라 一日은 路上에셔 知事를 逢着홈의 自己의 家로 往ᄒᆞ야 一夜 歡樂의 盡홈을 懇求ᄒᆞᄂ지라 不得已 件往ᄒᆞ야 晚餐을 經흔 后 快活흔 談話로 問答ᄒᆞᆯ시 知事가 戲言을 出ᄒᆞ야 曰 산고반시一가 牧民의 職을 擔任ᄒᆞᆯ 時에 黑人이 住居ᄒᆞᄂ 領地를 貪흔 뒤 黑人이 不從홈으로 黑人을 買却흔 意로 請願흔 事가 有ᄒᆞ니 余ᄂ 此事를 仍置치 못ᄒᆞ겟다 ᄒᆞ거늘 時에 知事의 親友가 在傍ᄒᆞ다가 氏를 顧ᄒᆞ야 曰 富蘭氏여 余ᄂ 何如ᄒᆞ야 彼邪惡의 徒를 友ᄒᆞ얏던지 後悔가 不無ᄒᆞ거니와 彼ᄂ 何故로 彼徒를 買却치 아니ᄒᆞᄂ뇨 想컨뒤 州土所有主ᄂ 君에게 厚흔 報酬가 有홈.이라 ᄒᆞ거늘 氏가 答ᄒᆞ되 知事가 彼徒를 塗抹ᄒᆞ야 價値가 有흔 黑色이 아직 未成흔 所以라 ᄒᆞ더라 後에 知事ᄂ 議會와 協議

치못ᄒ야退去ᄒ니라

此等爭擾ᄂᆞᆫ畢竟州土所有主에關ᄒᆫ訓令을基因ᄒ야知事ᄂᆞᆫ其訓令에服從ᄒᆞᆯ盟約을定ᄒ고赴任ᄒᆷ이라故로如何ᄒᆫ訓令이던지州會를圖謀치아니ᄒᆷ이無ᄒ야前後三年間에始히壓倒를當ᄒ야시나頓然히此를辯論ᄒ얏시며知事가피덴니ᄂᆞᆫ모리스에게對ᄒ야此訓令을繼續抗拒ᄒ얏시니其結果如何ᄂᆞᆫ後章에示ᄒ노라

法國과戰端을開ᄒᆷ에及ᄒ야마산쓰셋쓰베ー(英國殖民의合同政府)ᄂᆞᆫ구라운,씬인도를襲擊코자ᄒᆞᆯ셔면져구인시ᄂᆞᆫ벤실뷔아니아에바우닐은紐育에派遣ᄒ야其援助를請求케ᄒ얏시며구인시ㅣᄂᆞᆫ氏의同鄕人이라自來로親密히交際ᄒ야志氣相合ᄒᆫ故로氏에게盡力周幹ᄒᆷ을請ᄒ거ᄂᆞᆯ氏가其事由를州會에通知ᄒ고全會員의承諾을受ᄒ야一萬磅(我四萬五千圓)을借用기로決定ᄒ얏시나知事가獨히此를認可치아니ᄒᆞᄂᆞᆫ故로會에셔如何히措處키不能ᄒ더라구인시ㅣᄂᆞᆫ此事에對ᄒ야頻頻히知事에게催促을加ᄒ되固執不動ᄒᆞᄂᆞᆫ

86

지라又知事에게經由치아니ᄒ고出金ᄒᄂ方策을案出ᄒ야州會로

부러直接으로出給命令權이有ᄒ貸金局에셔出金케ᄒ더니同局

에셔公債証書와類似ᄒ証書를發賣ᄒ야金額을募集ᄒ서人民等이

其利益이有ᄒ을解悟ᄒ고此를競買ᄒ야不日에証書殘剩이無ᄒ지

라所用金額을充分히收入ᄒ이구인시ᅵᄂ其厚恩을謝ᄒ고歸國ᄒ

얏시며爾後로親密을倍加ᄒ더라

英國政府ᄂ아루바니殖民의共同防禦兵力을恐ᄒ야鎭壓次로부리

돗구將軍을總督으로選定ᄒ야精兵二聯隊를派遣ᄒ이부을지니아

州아레기산데리아州에上陸ᄒ야메ᅵ리란도에行軍코자ᄒ나運搬

車가無ᄒ으로該地에滯留ᄒ얏시며州會ᄂ將軍이惡意가有ᄒ야渡

來ᄒ을聞知ᄒ고州會로부러氏가驛遞總管資格이有ᄒ다ᄒ야駐在

所에赴任케ᄒ야外面으로ᄂ將軍과各州知事間에往復書信을迅速

히ᄒ이나其實은秘密히將軍의心思를和樂케ᄒ을委托ᄒᄂ故로其

子를引率ᄒ고出發ᄒ니라

87

時에將軍이후례레릿구다은에在ᄒᆞ야메란도及뷔올지니아로부터

輜重車의到達홈을待ᄒᆞᄂᆞᆫ지라氏가該地에셔相逢ᄒᆞ야數日間陣中

에滯在ᄒᆞ서將軍腦裡에在ᄒᆞᆫ心思를和解ᄒᆞ야州會가將軍의抗敵이

아니오反히其運動을援助홈으로覺悟케ᄒᆞ니라氏가將次歸코자ᄒᆞ

더니輜重車二十五輛이到着홈이實用上不適ᄒᆞᆫ者ㅣ多數에居ᄒᆞᆫ지

라將軍과諸將士가落膽ᄒᆞ야進軍기不能홈을憂嘆ᄒᆞ며送致ᄒᆞᆫ官吏

에對ᄒᆞ야含怒ᄒᆞ더라

氏ᄂᆞᆫ此를甚히悶嘆ᄒᆞ야將軍에게言ᄒᆞ되公等이我州에上陸ᄒᆞᄂᆞᆫ時

ᄂᆞᆫ我州農夫所有荷車라도力旋ᄒᆞ야써軍事를便케ᄒᆞ리라ᄒᆞ니將軍

이軍中車馬所掌人과條約을結定케ᄒᆞᄂᆞᆫ지라氏ᄂᆞᆫ卽時歸府ᄒᆞ야此

事를廣告ᄒᆞ니其廣告文에曰今回에英國將軍이米國에渡ᄒᆞ야荷物

運搬事로若干車를要求ᄒᆞ되相當ᄒᆞᆫ雇金을出給ᄒᆞᆫ다ᄒᆞ니馬車가有

ᄒᆞᆫ人은速히來告ᄒᆞᄂᆞᆫ人은後日에掠奪의禍를未免ᄒᆞ리

니知諒ᄒᆞ야不虞의禍를招致말나ᄒᆞ고車馬雇金八百磅을將軍에게

領收ᄒ고不足額二百磅은氏가貸償ᄒ야二週內에車一百五十輛과

馬三百五十九四을募得ᄒ야陣營에送致ᄒ얏시며且廣告時에尾附

ᄒ기를若車馬를失ᄒᄂ境遇에ᄂ價格을給與ᄒ다ᄒ니所有主가氏

에게證據書類를要ᄒᄂ故로卽時此를書給ᄒ니라

此前에氏가陣中에滯在ᄒ더니一夜ᄂ大佐聯隊에셔他將校와共히

晩餐을受ᄒ시同大佐가氏에게言ᄒ되食料가乏絕ᄒ야將士가困境

을難免이라ᄒ거ᄂ氏가此를救助ᄒ思想으로旣往野陣에經驗이有

ᄒ者를招ᄒ야陣中情事를屢述ᄒ얏더니委員等이卽時車馬로

에게出示ᄒᄂ陣中에必要ᄒ食物을記錄케ᄒ고其錄紙를將會委員

軍粮을運送ᄒ故로一時의飢渴을免ᄒ지라將軍과諸將士가甚히歡

喜ᄒ야此後에再次給與ᄒ事를委託ᄒᄂ지라伊後로同軍이敗北ᄒ

時셰지軍粮을繼續運送ᄒ얏거니와부라독구將軍은本是勇猛ᄒ人

物이라歐洲大陸에셔敵手가無ᄒ더니自負의心이過多ᄒ야自己部

下의精銳만恃ᄒ고米軍과土人의軍隊를輕視ᄒ다가畢竟敗北에至

ㅎ니라

米人中士人이其軍中에通譯從事된者ㅣ有ㅎ야氏다려謂ㅎ야曰自

此로츄구예손을過ㅎ야나이양이라를掠奪ㅎ고卽時行軍ㅎ야후론

데낫구를襲擊ㅎ다ㅎ며開戰必勝ㅎ計畫을確然히豫言ㅎ는지리氏

가自量ㅎ되右地는通路狹隘ㅎ며森林荊棘이多ㅎ卽整整히行軍키

不能ㅎ니或中路에셔襲擊을受ㅎ는時는行伍가斷絕ㅎ야繩系의絕

斷ㅎ과如ㅎ지며且旣往法軍이이리노스州에侵入ㅎ얏다가大敗ㅎ

前鑑도有ㅎ니勝利가無ㅎ줄노推想ㅎ얏더니伊後에果然林叢中을

通過ㅎ다가突然히土人及法人同盟軍의突擊을被ㅎ야一敗難起ㅎ

境에至ㅎ故로將軍은重傷을受ㅎ고士官은八十六人中殺傷者ㅣ六

十三人이오兵士一千一百人中僅히三百三十人이得生ㅎ얏더라

右敗ㅎ原因은米人이自負ㅎ心이有ㅎ야彼精銳로自處ㅎ는英兵

을足히畏懼ㅎ비無ㅎ다ㅎ이라如斯히敗北ㅎ으로氏가前日에周旋

호바車馬가擧皆失望ㅎ이所有ㅎ는盟約을依ㅎ야氏에게辦償을請

90

求ᄒᆞᄂᆞᆫ者ㅣ踏至ᄒᆞ니其金額이二萬磅에過ᄒᆞ이氏의家産을傾盡치아니면辦償기不能ᄒᆞ더니幸히神州시이루레의盡力을因ᄒᆞ야此災害를免ᄒᆞ니라

第九章

모리스知事ᄂᆞᆫ부라독구將軍이敗北ᄒᆞ기ᄭᅡ지頻頻히敎書를州會에贈ᄒᆞ야州土防禦를英國會社所屬以外地로부터徵募ᄒᆞ기를勸喩ᄒᆞ이州會ᄂᆞᆫ此를强硬ᄒᆞᆫ態度로拒絕ᄒᆞ다가終來五萬磅辦出ᄒᆞᆯ事를許諾ᄒᆞ얏ᄂᆞᆫ디知事ᄂᆞᆫ其決書中一句를改正코자ᄒᆞ니卽自己와他人의所有ᄅᆞᆯ勿論ᄒᆞ고總히土地로課稅ᄒᆞ며會社의領地도不免ᄒᆞ다云ᄒᆞ句語라然이나此를削除코자ᄒᆞᆫ事實上不可ᄒᆞ要求인故로決코不許ᄒᆞ얏더라此報가英國에達ᄒᆞ고兼ᄒᆞ야州會와知事間에紛競이有喜을旣往聞知ᄒᆞ故로當地情況을詳知ᄒᆞᆫ人은會社에셔知事로ᄒᆞ여금州會에要케ᄒᆞᆫ事가不正ᄒᆞ며且卑劣ᄒᆞ다論駁ᄒᆞ고會社가州土의

防禦를障害케홈은彼州에對ᄒᆞ야權利를喪失케홈이라고詰責ᄒᆞ얏
더니彼役員等은恐怯ᄒᆞ야急히收稅長에게會ᄒᆞ야州土防禦費로五
千磅을寄附케ᄒᆞ얏더라然이나此金은普通課金과性質이殆同ᄒᆞ故
로州會에서此를受ᄒᆞ고於是에更히議案을編成ᄒᆞ되會社에서ᄂᆞᆫ出
金ᄒᆞᆯ必要가無ᄒᆞ文句를加添ᄒᆞ야議會에經由ᄒᆞ나라其後에氏ᄂᆞᆫ軍
用金六萬磅處理ᄒᆞᄂᆞᆫ委員中一人으로被選ᄒᆞ야諸般事를周旋ᄒᆞᆯᄉᆡ
有志兵을募集ᄒᆞ며此를訓鍊ᄒᆞ며兵隊를編成홈이必要ᄒᆞᆫ會社를設
置ᄒᆞᆯ方案을起草ᄒᆞ야此에關ᄒᆞᆫ利害問答書를起述ᄒᆞ야印刷公佈ᄒᆞ
앗더니豫想에違算이無홈으로好結果를得ᄒᆞ니라
右方策을依ᄒᆞ야本府ᄂᆞᆫ勿論ᄒᆞ고他地方ᄭᅵ지擧皆軍隊를組織ᄒᆞ야
組鍊을力行ᄒᆞ며當時西北邊疆은外患이最多홈으로ᄡᅥ壘郭을築造
ᄒᆞ야此를防禦홈이可ᄒᆞᆯ意로知事의付托이有ᄒᆞᆫ지라其責任을自擔
ᄒᆞ야奮發幹旋ᄒᆞ얏더니知事ᄂᆞᆫ其全權을氏에게委托ᄒᆞ고適當ᄒᆞᆫ者
에게ᄂᆞᆫ任意로將官의職을授與ᄒᆞᄂᆞᆫ特權을與ᄒᆞᄂᆞᆫ지라故로氏ᄂᆞᆫ幸

92

히兵士募集에勞力을不費하고卽時五百六十人의數를得하얏시며

其子는曾히將校의職으로가나다戰爭에從軍하야經歷이有한故로氏

를補佐하야便益이有하더라

土人이모레부안宗徒에居住하는一村落에放火하고其住民을虐殺

하얏시나其他는保塞을置혼故로敢히進軍치못하고該徒本部벳스

레험에會集하얏시니該地가要害處됨을發見하얏시며且彼等의隣

接혼낫데홋도를破滅하며警備를加設하야壯大혼家屋은擧皆木柵

을繞하고又紐育으로부터多數혼武器를貿來하야婦女로하여금投下

下에襲來하는土人을防禦케하니라

互相勤務하고樓上에는瓦石을積置하야男子는哨兵으로樓

一月初旬으로부터堡壘築造에着手하고又一別隊를미니레에派出

하야堡壘를上下에起工하고氏는其餘軍隊를引率하야要害地되는

나델호스돈으로進軍코자할시此時에모레부안徒는五輛의荷車를

給혼故로軍需品을運搬하기에便利홈을得하얏시며베스레험으로

出發ᄒᆞᄂᆞᆫ日은寒雪이霏霏ᄒᆞᆷ으로行軍에困難ᄒᆞ더니翌日은天氣快

晴ᄒᆞᆫ지라幸히나델호스돈廢址에到着ᄒᆞ야卽時水軍所用木板을取

ᄒᆞ야風雨를僅避ᄒᆞᆯ假屋을建設ᄒᆞ고漸次各處에散在ᄒᆞᆫ尸를埋葬ᄒᆞ

기에着手ᄒᆞ니라翌朝에周圍四百五十五尺地에厚一尺인木栅造成

ᄒᆞ圖形을製成ᄒᆞᆷ이兵士ᄂᆞᆫ各各所持斧子를取ᄒᆞ야丁丁히伐木ᄒᆞ니

轟然ᄒᆞᆫ倒木聲은耳邊에不絕ᄒᆞ며其所伐木을親檢ᄒᆞᆯ세直徑이十四

英寸이오長이十八尺以上인擧皆巨木인ᄃᆡ木栅材料에適合ᄒᆞᆯ지라

是以로四方에深四尺溝渠를掘ᄒᆞ야其內에木材를樹立ᄒᆞ며高六尺

인木板을佈設ᄒᆞ고又其上에大砲를裝置ᄒᆞᆫ後에爲先一發을放射ᄒᆞ

야土人으로ᄒᆞ여금我軍이如此ᄒᆞᆫ利器가有ᄒᆞᆷ을知케ᄒᆞ니라

此時에霖雨의支離ᄒᆞᆷ을不拘ᄒᆞ고僅히一週間에竣工ᄒᆞ얏시니其士

卒의勤勞ᄒᆞᆷ을可知러라如干準備를完成ᄒᆞᆷ이反히優遊度日ᄒᆞᆫ故

로爭鬪詬譯가處處에惹起ᄒᆞᄂᆞᆫ지라氏ᄂᆞᆫ船長의地位에在ᄒᆞᆷ과如히

水夫를使ᄒᆞ기에閑暇를不得ᄒᆞ더라其堡壘가堅牢치아님은아니로

되大砲가無ᄒ고土人을防禦ᄒ는準備는完全ᄒ야能히其根據를確立

ᄒ故로隊列을分ᄒ야近地를巡視케ᄒ더니此時는正히嚴冬이라彼

土人等은火를用ᄒ야防寒ᄒ이必然ᄒ나火勢가盛熾ᄒ야地穴을深堀ᄒ고爐

天ᄒ며渠等所居處가他人의發見이될가恐ᄒ야

餘ᄒ薪木으로炭火를作ᄒ야僅僅히寒威를防ᄒ뿐이니此를推想컨

딘彼가小數人員으로對敵기不能ᄒ을自覺ᄒ겟더라

堡壘가竣工되고事務가閒暇ᄒ際에知事로부터書信이有ᄒ야曰現

今議員을募集ᄒ니雜會ᄒ라ᄒ며又友人으로부터出席기를勸勉ᄒ

는書信이來到ᄒ얏더라此時에防禦術이全備ᄒ야邊疆의住民도各

其生業을得ᄒ야安堵ᄒ고且土人과交戰ᄒ이經驗이有ᄒ게레후안

大佐가來陣ᄒ故로總督責任을同大佐에게委托ᄒ셔各隊를整列ᄒ

고委任書를朗讀ᄒ后大佐를各將校以下에게紹价ᄒ고簡單ᄒ演說

노勸喩ᄒ后陣營을退出ᄒ셔一隊將卒이護送ᄒ야쎄쓰레헴에到着

ᄒ야는休憩기爲ᄒ야二三日逗遛ᄒ셔旣往陣營에在ᄒ時는僅僅히

一二枚의 毯褥로 留宿ᄒᆞ다가 卒然히 良好ᄒᆞᆫ 寢臺에 閑臥ᄒᆞᆷ이 終夜 安眠키 不能ᄒᆞ더라 然ᄒᆞ나 該地에 逗遛ᄒᆞᆯ 時는 모레부이안 宗徒와 親切히 交際ᄒᆞ얏시니 此徒는 共同ᄒᆞᆫ 勞働으로 共同 卓上에 會食ᄒᆞ며 共同 家屋에 棲宿ᄒᆞ며 各室에는 空氣 流通기 爲ᄒᆞ야 穴을 穿ᄒᆞ얏더라 氏가 其會堂에 入ᄒᆞᆷ의 鏘然ᄒᆞᆫ 音樂으로 歡然히 迎接ᄒᆞ며 其會集을 混치 아니ᄒᆞ야 老弱男女가 各其 會集ᄒᆞ는 定日이 有ᄒᆞ니 男兒는 青年男兒가 指揮ᄒᆞ며 女兒는 青年女子가 指揮ᄒᆞ야 各各 椅子에 列坐케 ᄒᆞ야 井然히 秩序가 有ᄒᆞ며 兒童의 起居動作은 整肅ᄒᆞ다 稱키 足ᄒᆞ나 面色이 蒼白ᄒᆞ야 甚히 不健康ᄒᆞᆫ 狀態가 有ᄒᆞ니 此는 時時로 運動ᄒᆞᆷ을 不許ᄒᆞᆫ 所以러라

旣往 傳聞을 據ᄒᆞᆫ則 婚姻을 抽籤ᄒᆞ야 結ᄒᆞᆫ다 云ᄒᆞ기로 其眞否를 問ᄒᆞᆫ則 或 特別 境遇에 此事가 有ᄒᆞ나 普通으로는 成年의 男子가 年長者에게 婚姻 紹介를 請求ᄒᆞ면 長年ᄒᆞᆫ 男子는 女子年長者와 相議ᄒᆞ야 適當ᄒᆞᆫ 女子를 選擇ᄒᆞ야 合졍의 禮를 行ᄒᆞᆷ이 慣例오 若 適當ᄒᆞᆫ 女子가 多數

인時는抽籤式을依ᄒ야定ᄒ는故로或結婚ᄒ后에夫婦가不和ᄒ는
弊가有ᄒ니此는互相不擇ᄒ所以라ᄒ더라후에歸ᄒ則有
志兵의組織이完成ᄒ고徒友는旣往隊伍를編成ᄒ야指揮者를選擧
ᄒ야事務의整頓이良好ᄒ며且將校等은氏로總督되기를請홈으로
不得已ᄒ야此를許諾ᄒ니其時氏의麾下의千二百人의勇士武夫와
一分間에十二回式速發ᄒ는野戰砲六門이有ᄒ一大隊가有ᄒ더라
總督으로已爲被選ᄒ故로爲先全軍을檢閱ᄒ고歸ᄒ서士卒等이護
隨ᄒ야氏의門外에整列ᄒ고祝砲를發ᄒ야慶賀의意를表ᄒ다가氏
의電氣機械를誤射破壞ᄒ얏시나氏가此를實로感謝ᄒ被害라謂ᄒ
더라其後未幾에英國에셔有志兵令을繳消ᄒ故로氏의兵營도此機
械와如히危弱ᄒ니라
氏가總督의任에在ᄒ時에事故를因ᄒ야뷔을거니아에往ᄒ서將校
等이護送ᄒ는慣例가有ᄒ다ᄒ고三四十名이各其正服을着ᄒ고騎
馬로氏를送ᄒ야府外로ㅣ와후에리地서지到ᄒ니氏는曾히此等禮

式을不知홀뿐不是라僭越혼所爲인줄認知치아니혼故로最初로此

를拒絶치아니ᄒᆞ얏더니某人이此를英國地主에게通報ᄒᆞ니地主가

以爲ᄒᆞ되此等敬禮ᄂᆞᆫ知事도受기不能이오但殺伐을嗜好ᄒᆞᄂᆞᆫ王公

을待遇ᄒᆞᄂᆞᆫ바이라ᄒᆞ며發怒ᄒᆞ더라

自來로地主ᄂᆞᆫ氏에게宿怒를抱혼中如此不當혼敬禮를受ᄒᆞ얏다ᄒᆞ

야更히仇恨을一層加혼故로終乃此를因ᄒᆞ야政府에告發홈에至ᄒᆞ

니其理由인즉氏가州會에在ᄒᆞ야國用金을否決ᄒᆞᄂᆞᆫ力이有ᄒᆞ

니此ᄂᆞᆫ國王을奉ᄒᆞᄂᆞᆫᄃᆡ對ᄒᆞ야障礙케ᄒᆞᄂᆞᆫ者며又將士를隨伴ᄒᆞ야

威儀를飾홈은兵力을假ᄒᆞ야政權을略奪코자ᄒᆞᄂᆞᆫ証據라云홈에不

過ᄒᆞ더라사ー에뷔을라ー도、호ー구놀驛遞總管은氏의官職을遞奪

기勸告ᄒᆞ며頻頻히運動ᄒᆞ나好結果를不得ᄒᆞ고反히사ー에뷔오라

도에게寬仁ᄒᆞ諫言을受ᄒᆞ얏실뿐이러라

知事ᄂᆞᆫ頻頻히氏를攻擊ᄒᆞ며氏ᄂᆞᆫ州會에셔恒常防戰홈을不息ᄒᆞ얏

시니知事와私交上關係ᄂᆞᆫ依然히親密ᄒᆞ얏시니此ᄂᆞᆫ各各自己職務

를爲ᄒᆞᆷ인故로原被告의代言人과恰如ᄒᆞ야知事ᄂᆞᆫ大地ᄅᆞᆯ爲ᄒᆞ고氏

ᄂᆞᆫ州民을爲ᄒᆞᆷ으로써或困難ᄒᆞᆫ事件이起ᄒᆞᆯ時ᄂᆞᆫ氏ᄅᆞᆯ招待ᄒᆞ야相議

ᄒᆞ고氏의忠告ᄒᆞᄂᆞᆫ바ᄅᆞᆯ採用ᄒᆞ더라

知事ᄂᆞᆫ氏와共히彼부라쓱구軍에게糧을供給ᄒᆞ얏시나潰敗ᄒᆞᆷ을當

ᄒᆞ야邊疆을防守기기不能ᄒᆞᆯ가恐ᄒᆞ야氏에게協議ᄒᆞᄂᆞᆫ지라氏가此時

에何等言으로忠告ᄒᆞ얏ᄂᆞᆫ지明白히記치못ᄒᆞ나돈바ᅵ에留陣ᄒᆞ야

敵兵을防禦ᄒᆞ고他殖民地에서援兵이來ᄒᆞ기를待ᄒᆞ야進發ᄒᆞᆷ이可

ᄒᆞ다ᄂᆞᆫ意見인듯ᄒᆞ더라氏가陣營으로부터歸ᄒᆞᆫ卽州兵을監督ᄒᆞ야

도구에스네堡壘ᄅᆞᆯ攻取ᄒᆞ라ᄂᆞᆫ此任을擔當ᄒᆞᆯ智畧

이無ᄒᆞ나此命이有ᄒᆞᆫ原因은氏가其時에名望이有ᄒᆞ며又ᄂᆞᆫ州會에

셔勢力이有ᄒᆞ故로人民이軍資ᄅᆞᆯ出ᄒᆞᆷ의異議가無ᄒᆞᆫ듯ᄒᆞ豫想으로

因ᄒᆞᆷ이라然이나氏ᄂᆞᆫ熱心치아니ᄒᆞᆫ故로終乃廢止가되얏시며且知

事가交遞ᄒᆞ야政廳이데니ᅵ의手에歸ᄒᆞ니라

兹에新知事下에在ᄒᆞ야氏가關係ᄒᆞ든公務上事件을記述ᄒᆞ기前에

氏의 理學上 經驗과 其進步를 陳述ᄒ더라

一七四六年에 ᄲᅡ스돈에셔 旣往 스곳도랏도로부터 來着ᄒᆫ 스펜스博士를 面會ᄒ얏더니 氏를 爲ᄒ야 電氣의 一作用을 示ᄒ얏ᄂᆫ디 該人이 本來 巧手ᄂᆫ 아니나 其神奇ᄒᆫ 妙技ᄂᆫ 實로 嘆美ᄒᆯ지라 伊後 후야델후해에 歸ᄒᆫ 卽會에 英國學士 피ー다ー고린손이가 電氣試驗所用玻璃管을 氏의 書籍舘에 送致ᄒ고 其用法을 敎示ᄒᆫ 故로 ᄲᅡ스돈에셔 目擊ᄒᆫ든 現象과 英國으로부터 報來ᄒᆫ 事를 試驗ᄒ야 此를 容易ᄒ게 熟習ᄒ고 更히 奇異ᄒᆫ 發明도 不少ᄒ얏더니 此를 觀覽코자ᄒᄂᆫ 者가 四方으로 遝至ᄒ더라

此實驗을 同友에게 分擔기 爲ᄒ야 玻璃管을 製造ᄒ야 送付ᄒ얏더니 就中긴놀스테ᄂᆫ 當時聰明ᄒᆫ 人物로 閑隙이 有ᄒᆫ지라 欣然히 此에 從事ᄒ야 電氣試驗을 行ᄒ고 又 他人에게 玩覽케ᄒᆯ 意思가 有ᄒ기로 氏가 說明書二篇을 著付ᄒ얏더니 該人이 精美ᄒᆫ 器械를 買入ᄒ야 諸州 都會地에 巡行ᄒ며 世人와 玩覽을 供ᄒ야 好結果를 得ᄒ고 適當ᄒ 利

益을 收ᄒᆞ얏시며 西印度島에 渡ᄒᆞ야는 空氣의 濕潤ᄒᆞᆷ을 因ᄒᆞ야 試驗을 實行치 못ᄒᆞ얏다 云ᄒᆞ더라

고린손이가 贈與ᄒᆞ고 試驗管으로 氏의 實驗을 成功ᄒᆞᆫ 故로 此를 고린손에게 寄書通知ᄒᆞ얏더니 該人이 此書를 學士會院에셔 朗讀ᄒᆞᆫ 故로 該院會錄에 登記가 되고 氏가 긴놀스데를 爲ᄒᆞ야 著述ᄒᆞᆫ 電光에 關ᄒᆞᆫ 說明書를 同院會員 밋치엘에게 寄送ᄒᆞ얏더니 此는 批評家의 冷笑를 受ᄒᆞ얏시나 獨히 후살질博士는 此를 大贊ᄒᆞ며 發刊ᄒᆞ기를 勸ᄒᆞᆫ 故로 고린손이가 게부에게 委托ᄒᆞ야 「센쓰루만스」雜誌에 揭載케ᄒᆞ얏시며 부눈 此를 小冊子로 製ᄒᆞ고 후졔질博士의 序文을 附ᄒᆞ야 出板ᄒᆞ얏더니 購讀者가 甚多ᄒᆞ야 第五版을 發刊ᄒᆞ니라

氏가 電氣에 關ᄒᆞᆫ 新發明은 一時英國에셔 擯斥을 當ᄒᆞ얏시나 法國에 有名ᄒᆞᆫ 理學士곤도데바후氏는 엠데유불구와 共히 法語로 此를 譯述ᄒᆞ야巴里에셔 出版ᄒᆞ얏는ᄃᆡ 此書에 當時官吏中物理學者로 電氣說에 有名ᄒᆞᆫ 아베노레를 激論ᄒᆞ얏더니 該人은 此書가 米國에셔 出來ᄒᆞ

者로 不信ᄒ고 自國 反對者의 所著인 줄 推想ᄒ다가 後에 ᄒ야 델후ᄒ야

의 富蘭克林爲 名人의 發明ᄒᆷ을 認知ᄒ고 自己 學說을 辨護ᄒ며 氏의

試驗과 說明을 論駁ᄒ더라

氏가 初也에ᄂᆞᆫ 此를 反駁코자 ᄒ얏시니 原來 氏의 學說은 經驗을 因ᄒ

야 記錄ᄒᆫ 者이라 如此ᄒᆫ 方法을 行ᄒᆞ면 如斯如斯ᄒᆫ 現象을 發ᄒᆞᄂᆞᆫ 事

를 說明ᄒ얏신즉 豫히 實驗을 行치 아니ᄒ고ᄂᆞᆫ 決코 反對치 못ᄒᆞᆯ 者이

며 且 彼의 所論은 單一ᄒᆫ 考說이오 確實ᄒᆫ 定說은 아닌즉 駁論ᄒᆞᆯ 必要

가 無ᄒᆞ며 假令 彼와 筆戰ᄒᆞᆯ지라도 國語가 不同ᄒ야 眞意를 通기 難ᄒ

니 此 無益ᄒᆞᆫ 事에 勞力ᄒᆷ이 反히 將來에 珍奇ᄒᆫ 事를 硏究ᄒᆷ만 不如ᄒ

故로 掛念치 아니ᄒ얏시며 氏의 學說은 伊太利, 獨逸, 羅甸 諸語로 繙譯

ᄒᆫ 故로 이베의 學說보다 優越ᄒ야 歐洲 大陸 理學者의 嘖嘖喝采ᄒᆫ 비

되니라

氏의 書가 卒然히 世上에 讚賞을 受ᄒᆷ은 마데에셔 메시에, 데소바바로

及 데롤 等이 書中에 示ᄒᆫ 方法을 因ᄒ야 雲으로부터 電光을 取ᄒᆞᄂᆞᆫ

試驗에셔效果를得호所以라데돌은理科의器械를購求호야頻頻히

電氣學을講究호고후야델후하試驗이라稱호야朝廷에셔此를試驗

후後에更히市中에與行케홈의觀覽호는人이雲集호얏시니盖此試

驗에發明은紙鳶으로써雲氣에셔電氣를取호는事이니電氣歷史上

特筆이러라

英國醫學士로셔當時巴里에滯在호던라이르라爲名호는人이該書

를本國學士會院에送達호얏더니初次에는冷笑호다가畢竟注意를

惹起호얏시며令名이有호와돈손博士는氏의記事를槪括호야會院

에錄置호고氏를招待호故로即地渡去호얏더니學士中互璧이라稱

호는잔돈이가氏의說을依호야尖捧으로雲中에셔電光을採取호는

事를試호야良好호結果를得호故로前日에受호冷笑를雪호고且學

士會院에參加호얏시되每年二十五기니스(一기니스我五圓)되는會

費는免除호고該院記事는無代價로寄送호얏더니一七五三年에氏

에게金牌를贈與호기爲호야盛宴을設호고노도맛구레스스루드會長

은雄壯호演說로非常호榮譽를氏에게及케호더라

第十章

本州新知事덴니氏가赴任時에英國學士會院으로부터前記功牌를

携來호야市民의歡迎호는席上에셔鄭重호言辭로써此를氏에게贈

與호얏시며且氏를別室에招待호야日余가英國에셔出發홀時에某

友에게君을結交호야施政上種益을得호라는勸告를受홀뿐不是라

親密호智襟을開코자호노니何事를勿論호고余를爲호야良好호方

策을畫호라地主도本來惡心을抱호者ㅣ아니니兩者間에固執호心

思를慰解홈은州民과余의利益이니此를解決홀者는君의手段에在

호다云호거놀氏가答호딕吾儕의目的은州會를爲홈에專在호니閣

下가州民에福利되는事業을經營호면同意를不唱홀者ㅣ無홀거시

며從來로紛競이不絶홈은知事가州會에頒佈호는議案이單히地主

의利益만主호고州民의痼瘼을不顧호는所以라余가閣下의恩寵을

感謝ᄒ노니今으로부터閣下의執政을贊助ᄒ려니와閣下ᄂ前知事

와如히不祥ᄒ葛藤을勿起ᄒ심을切望ᄒ노라ᄒ얏더니伊後知事가

執務ᄒ時에亦是州會와爭論이起ᄒ故로氏ᄂ反對地位에立ᄒ야侃

侃히辨論ᄒ얏시나私交上에ᄂ秋毫도介意ᄒ비無ᄒ얏더라

知事ᄂ文學에通透ᄒ고且諸國을歷遊ᄒ人인故로其談話ᄂ正히價

値가有ᄒ더라州會에셔地主가不當ᄒ訓令을發ᄒ야議士를抑制ᄒ

뿐不是라人民의權利와及國王에게妨害코자ᄒᄂ意思가發覺된故

로此를國王에게哀訴ᄒ기로議決ᄒ고氏를其委員으로選擧ᄒ야英

國에赴任케ᄒᄂ지라氏가기야피던모리와共히紐育港에셔出發ᄒ

ᄂ郵船으로渡航코자ᄒ야行李를船에載ᄒ얏더니라우단公은후야

델후하에到着ᄒ야知事와州會間에和解ᄒ을圖謀ᄒ더라旣往州會

에셔王室을爲ᄒ야六十萬磅을支出ᄒ事를知事에게請求ᄒ얏더니

知事가此를拒絶ᄒ고라우단公은以爲ᄒ디兩者가相爭ᄒ야國王에

對ᄒ義務를息慢히ᄒ은不可ᄒ다云ᄒ고知事가氏를請ᄒ야兩方의

理由를問ᄒ기로氏等은卽時此事由를辯明ᄒ고詳細히新聞及州會記錄에登記ᄒ얏시며知事도ᄯ혼辯護ᄒ니라氏等이ᄯ호唱道ᄒ되地主의命令을服從치아니ᄒ면其地位가危殆ᄒ다ᄒ고公에게辭職ᄒ狀態를見ᄒ얏시나公은勤喩의辭도無ᄒ고專히州會와和解기를願ᄒ며州土를防衛ᄒ진ᄃᆡ王室의兵力을借홈이不可ᄒ니若互相競爭ᄒ야此를放棄ᄒ면此洲土를將來敵에게被奪케홈이라ᄒ고侃侃說喩ᄒ더라

氏는右顯末을州會에通知ᄒ고一時便宜를因ᄒ야其實行을中止홈이라言ᄒ고旣往知事에게要求혼事를繳消혼後卽時出發ᄒ니라

氏가船中에在ᄒ야出帆코자홀時에船長이頻頻히本船의迅速홈을自誇ᄒ더니解纜홈에及ᄒ야는快走치못ᄒᄂᆞᆫ지라船長이命令을下ᄒ야人員을船尾에集會케ᄒ더니速力이猝然增加ᄒ야飛走홈과如ᄒ니此ᄂᆞᆫ船體上下를平均히혼結果라最新船長의言과如히航海가快速ᄒ더라

氏가右事實을記ᄒ야自此로造船事에對ᄒ야硏究ᄒ더니造船術은

其巧拙을試驗치아니ᄒ면知기難ᄒ며雖如何ᄒ新造船隻이라도擧

皆良好ᄒ事ㅣ無ᄒ기로氏ᄂ此時에海員에게對ᄒ야船內裝置及荷

物에關ᄒ意見을細細探問ᄒ니各船이各殊ᄒ며又ᄂ船長의指揮가

亦是各異ᄒ더라

世間에本來自己가造船ᄒ야自己가使用ᄒ며自己가指揮ᄒᄂ者ㅣ

稀少ᄒ故로一船의全體事를詳知ᄒᄂ者ㅣ無ᄒ더라

掛帆術에對ᄒ야도또ᄒ意見이各殊ᄒ야風力及其方向에甲은或高

掛ᄒ고乙은低掛ᄒ야一定ᄒ規模가無ᄒ나氏ᄂ經驗을因ᄒ야各項

規模를一定ᄒᆷ을硏究ᄒ意向이有ᄒ니第一은快走ᄒᄂ船體의權衡

第二ᄂ檣의大少及其位置第三은帆의形狀重量及其風位에對ᄒᄂ

方向第四ᄂ荷物等積載에排置를經驗ᄒ야精密ᄒ規律을一定ᄒ면

其功效가甚大ᄒ리라ᄒ더라

氏의船은時時로危險ᄒ境遇를逢ᄒ얏시나幸히無事渡航ᄒ더니三

十日후알마우스港附近에至ᄒ야船員의不注意로因ᄒ야燈臺에衝突코자ᄒ다가幸히免禍ᄒ後로氏ᄂ燈臺의効力이確有ᄒ을知ᄒ고自後로米國海岸에燈臺設置를獎勵ᄒ더라

翌朝에海水深淺을測量ᄒ야港口가近ᄒ을知ᄒ겟시나雲霧로因ᄒ야見치못ᄒ더니九時頃에至ᄒ야天氣의淸明이演劇場에帳幕을捲ᄒ과恰似ᄒ야후아루모스市街가眼前에橫在ᄒ며船舶은港內에充滿ᄒ고田野의蒼蒼ᄒ氣色과水波의茫茫ᄒ像態ᄂ正히心界를豁如케ᄒ더라一二日滯留ᄒ後에其子를率ᄒ고卽時倫敦에到着ᄒ니時ᄂ一七五七年七月二十七日이러라

富蘭克林傳 終

目　次

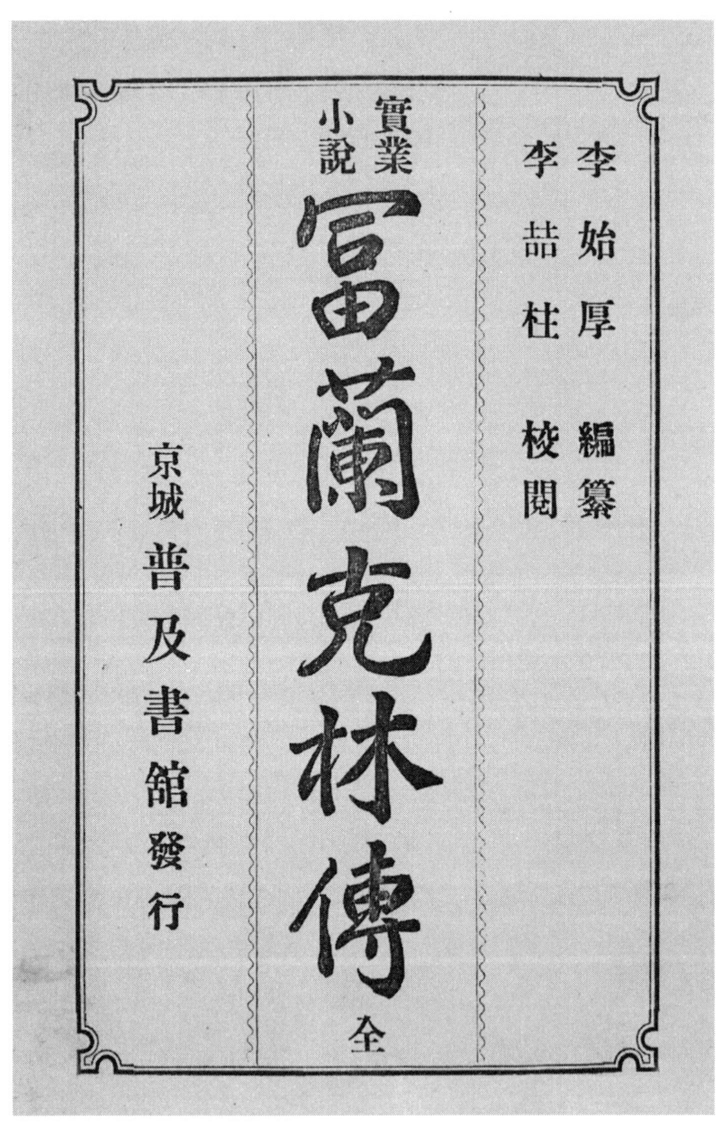

李始厚 編纂
李喆柱 校閱
實業
小說
冨蘭克林傳 全
京城 普及書館 發行

富蘭克林傳

- **『실업소설 부란극림전』**

  이시후 편찬, 이철규 교열, 경성 보급서관 발행, 1911.

여기서부터 영인본을 인쇄한 부분입니다. 이 부분부터 보시기 바랍니다.

이용범

부산대학교 점필재연구소 전임연구원. 동아시아의 전통학술 및 한·중·일의 동시대 상호관계성을 시각으로 삼아 근대 한국학(modern Korean Studies)에 대한 연구를 수행해 오고 있다. 주요 연구성과로 「'식민지 국학'의 학제(制·際)적 위치 - 국문학, 조선문학, 동양학, 그리고 한학」(2022), "Kangaku and the State - Colonial Collaboration between Korean and Japanese Traditional Sinologists"(2024) 등이 있다.

근대계몽기 서양영웅전기 번역총서 17

실업소설 부란극림전
: 수양과 효도로 성공한 프랭클린 입지전

2025년 4월 25일 초판 1쇄 펴냄

옮긴이 이용범
발행인 김흥국
발행처 보고사

책임편집 이경민
표지디자인 김규범

등록 1990년 12월 13일 제6-0429호
주소 경기도 파주시 회동길 337-15 보고사
전화 031-955-9797
팩스 02-922-6990
메일 bogosabooks@naver.com
http://www.bogosabooks.co.kr

ISBN 979-11-6587-850-4 94810
         979-11-6587-833-7 (세트)
ⓒ 이용범, 2025

정가 16,000원
사전 동의 없는 무단 전재 및 복제를 금합니다.
잘못 만들어진 책은 바꾸어 드립니다.

이 책은 2018년 대한민국 교육부와 한국연구재단의 지원을 받아 수행된 연구임
(NRF 2018S1A6A3A01042723)